造成我心理陰影的女生們今天也不時偷看我，只可惜為時已晚

The girls who traumatized me ke
but alas, it's too late.

1
first volume

御堂ユラギ
繪者：緜

造成我心理陰影的女生們今天也不時偷看我，只可惜為時已晚

The girls who traumatized me keep glancing at me, but alas, it's too late.

1
first volume

御堂ユラギ
繪者：緜

朋友
神代汐里
青梅竹馬
硯川燈凪
姊姊
九重悠璃

母親
九重櫻花
鄰居
冰見山美咲
我
九重雪兔

「妳是什麼人？
妳對雪兔做了什麼？」

「我才想問，硯川同學跟阿雪是什麼關係？」
型男
巳芳光喜

「今天能與你在一起，
眞的好開心，
就像是回到國中時期一樣。」

1

The girls who traumatized me keep glancing at me,
but alas, it's too late.

序幕

「我跟學長交往了。」

她的身影在黃昏照耀下，有如披上一片紅紗。她遲疑許久，清楚地說出了這句話。我難以從她被染成緋色的眼瞳觀察出心中情感，只剩下這句話陳述著事實。

青梅竹馬口中說出的話，讓我醒悟過來，一切都是自己一廂情願。

硯川燈凪，是我從幼稚園認識的兒時玩伴。

為什麼她要特地把這件事告訴我？是身為青梅竹馬的義務？不對，不是這樣。這是她用自己的方式在警告我，「不要再糾纏我了。」

我完全不懂她的想法，我總是無法理解他人到底在想些什麼。

也許是因為如此，不知何時開始，她老對我講些尖酸刻薄的話。

我並不希望我們之間的關係演變成如此地步。

在我和她之間，不存在傳說中青梅竹馬間的童話故事。

假使在兒時立下約定，也只是年幼無知的衝動所造成，轉眼間就會化作泡影破滅。

不過她在我心目中確實是非常特別的存在。

我之所以能忍耐煎熬的環境，無庸置疑是因為有她在。

雖然最近彼此摩擦變多了，但我們感情依然很好，起碼至今我都是這樣想的。

上了國中，燈凪變得越來越漂亮。

她開始學習化妝、打扮，個性開朗又善社交的她馬上成為萬人迷。

我看著燈凪的背影，決定在國二的夏天，與她告別青梅竹馬的關係。

我本打算在兩人每年都會一起去的夏日祭典告白。

我以為我們是兩情相悅。

所以，我才會產生「她一定會接受告白」，如此自以為是的錯覺。

如今，這般天真的想法徹底粉碎。一切都是自作多情。

我將她對我的感情，誤解成了「好感」。

甚至為有人「喜歡」自已而雀躍不已。

原來是這樣，這根本不是「好感」啊——

我感到心中好像有某種東西消失了。接著慢慢能接受她所說的話。

或許是我內心早有領悟，終有一天會發生這樣的事。

黑影逐漸籠罩我的心。她對我的感情，根本不是好感，說穿了不過是同情，甚至是憐憫。

我在她心中，不過是個普通的兒時玩伴罷了。

「哼，這下跟你的孽緣終於結束了，今年夏天我可能沒空像以往那樣陪你到處跑。」

「這樣啊，恭喜妳。」

我的青梅竹馬繼續對著剛失戀的對象冷言嘲諷。

就像是故意在對方傷口上抹鹽。雖然火大，但她本來不想跟我待在一起，更遑論她現在交了男朋友。

我腦中一片空白，不知該如何回覆她。

因此，我只能老實祝福她。這是我唯一能隱藏心中醜惡情感的話語。然而燈凪聽了卻神情一變怒道：

「——哼！學長跟你完全不一樣，長得帥又可靠，被他告白可真是太好了！」

燈凪口中的學長，是一週前向她告白的足球社三年級學生。燈凪和我不同，相當有異性緣，雖常有人向她告白，但她至今都沒點頭。或許是這樣，我才會感到安心。一直沉浸在「她不會離開我」的幻想之中。

話雖如此，她實在沒必要特地拿學長跟我比較就是了。

她究竟是何時變得如此討厭我？雖然她說得也對，我確實是配不上燈凪。

也許對她而言，我不過是個名為青梅竹馬的陌生人。

對啊，事實不是明擺著嗎？我不過是個礙事又不必要的存在。

不論何時，大家都是這麼講的，我自己應該最清楚才對啊。為什麼，到底為什麼還要心懷期待？

原本打算告白的高亢情緒無處宣洩。

在過往日子裡，負面情緒不斷膨脹，消磨著我的心靈。一想到終於能跟這樣的日子道別，心裡就充滿解放感與寂寥。

如氣球般膨脹的心情，漸漸脹破萎縮。好歹做個了斷吧，即使是無法成就的情感，至少在最後，將我的心意傳達給她。

「燈瓜，我本來打算在今年夏日祭典向妳告白。」

「……咦？」

打從去年的那天。她將我的手甩開的那一天，我就該知道會變這樣了。

然而，我卻裝作沒有察覺，拒絕面對真相，會有這樣的後果，全都怪我誤會，兒時玩伴是多特別的關係。

「我一直很喜歡妳，眼裡只有妳一人。我為日益美麗的妳感到驕傲。所以才打算在今年踏出那一步。不過看來一切都太遲了，也或許妳打從一開始，就沒把我放在眼裡。」

「騙人……你是……騙我的吧……？那我，到底是為什麼……」

燈瓜不禁動搖。她的瞳孔不斷搖曳，似是不解我心中的想法。她應該覺得噁心吧。被我如此看待，肯定很不舒服。

「我誤以為妳對我有好感，還自以為是地認為我們喜歡彼此。這種事，明明不可能會發生。」

「不、不對！我也——」

「我們對彼此的想法差異太大了。」

錯誤究竟是從何時開始的，如今已無從知曉。可能一直都有所偏差，又或者是從某處產生分歧，總之現在想這些都沒用了。

「為什麼……我根本就不知道——!?」

「對不起。我想說反正都要結束了，至少在最後把心意傳達給妳。雖然對妳來說不過是徒增困擾，請原諒我。」

「最、最後……是指……？不……你到底想說什麼!?」

燈凪臉上瞬間失去血色。

「再見，燈凪。從今天起，我不會再以妳的兒時玩伴自居。祝妳跟學長幸福——」

公園設施染上了黃昏的茜色。過去我們常在這公園的沙坑蓋城堡，四處嬉戲直到日落，如今竟成了道別的地點，真是有夠諷刺。

我以為兩人之間有著堅不可摧的情誼，實際上卻脆弱到不堪一擊，如此輕易就瓦解了。

不過，這樣就夠了。我很清楚，只要向她傳達了自己的心意，我便無法再繼續扮演她的兒時玩伴，我就是做好覺悟才決定向她告白。

如今這份覺悟已成無用之物，我也不想再待在這裡。

我只想如那一天的自己。在任何人面前消失。於是我踏上歸途。

「等、等一下!雪兔、拜託你聽我說——!」

感情真的好難,愚蠢的我根本難以理解。

如果燈凪對我的情感不是「好感」,那我可能一生都無法理解所謂的「好感」了。

——就這樣,少年的心欠缺了一角。

第一章「為時已晚的少年」

逍遙高等中學。一年B班。這就是我的班級。

對於剛進入高中的一年級學生而言，在新班級同學面前的自我介紹，可說是左右未來三年的重要活動。想要平凡地了事，或轟轟烈烈地在高中大變身都沒問題。而同班同學們，也會用忐忑不安的視線盯著自我介紹的人，試圖分辨他究竟是敵是友。

不過各位同學無須擔心，因為我是個人畜無害又陰沉的人！

眼下班上已經開始校園種姓制度的分級。雖然要嘗試逗笑班上同學也是個選擇，但我壓根不想背負失敗的風險。我早就訂立完美的計畫，來強調自己是個存在感低又平凡的人了。

「謝謝大家至今的關照。我不上學了。」

我一時衝動把心底話脫口而出了，班上的氛圍如凍結一般。

這氣氛很要命對吧，我也是這麼想。

我一轉頭，發現班導藤代小百合表情抽搐。

她不愧是今年第一次帶班，就教師而言確實很年輕。

「喂、你怎麼了？有煩惱幹麼不跟老師說？」

這老師是怎樣，人會不會太好了？雖然措辭略嫌粗魯，但從表情可以清楚判別她是真的在擔心我。

能抽到這麼一個好班導根本是奇蹟，我心中充滿感謝之意。

「不，非常抱歉。我只是感受到世界的不合理，才會一時衝動將心裡話說出來，沒有其他意思。」

「你這樣讓老師有點擔心啊……」

為什麼我會跟她們同班啊！

我根本不想見到她們，只能說上帝實在是調皮過頭了。

我無法接受眼前的現實，甚至反覆查看學生名單無數次。

結果就像是玩遊戲時突然被暴打一頓，接著身上錢就噴掉一半，會不會太坑了點。

當下心情只能用憂鬱形容。雖然我明白自己為何如此憂鬱，但實在不好在大家面前開口。

「我叫九重雪兔。我的目標是在這班上成為邊緣人，未來主要會裝睡混日子度過，希望大家把我當空氣就好。另外，各位大可直接在我面前說『這人感覺好差』之類的壞話，我完全不會介意，想怎麼講都行。雖然應該沒人會想跟我這種陰沉的人說話！啊哈哈哈哈哈——」

我開懷地笑了出來，而同學們早已將視線從我身上移開。

相信這毫無破綻的一分鐘自我介紹，已經充分將我想敘述的事，完整地表達給大家了，畢竟擅長表達可是順利度過人生的一大要訣。

「喂，不要剛入學就說什麼要放棄未來的一年！」

「老師，沒問題的。」

「什、什麼沒問題？」

「因為我老早就放棄自己的人生了。」

「你到底在胡說些什麼啊!?聽起來像真心話顯得更恐怖了！」

我若無其事地宣揚著不要跟我扯上關係。其實和同學開開心心地一同度過校園生活也不壞，但既然在分班時這個可能性就已經破滅，我唯一的選擇，就是像個文風不動的貝類靜靜地生活。明年再努力吧，大概。

「總之九重，我清楚明白你是個問題兒童了。」

我為小百合老師的發言感到憤慨。

「品行優良的我哪有可能是問題學生！老師妳應該懂我啊！」

「我們才剛認識一小時是能懂什麼！」

「妳剛才，不是還對我很溫柔嗎！」

「你當自己是我男朋友喔！而且你表情那麼認真好可怕!?」

「如果是老師妳，我ＯＫ喔。」

「該死，為什麼偏偏你也勉強擠進我的好球帶！」

——糟了！稍不留神就跟老師演起小短劇。

現在不是做這種事的時候。我並不想引人注目。

我拖著被同學目光刺得遍體鱗傷的身子回到座位，只見隔壁的爽朗型男笑個不停。燈光好像無時無刻都打在他臉上，一看就知道他是班級的核心人物，不過他是誰來著？

「啊哈哈哈！你好有趣喔！」

「你確定眼睛沒壞嗎？我那怎麼看都是四平八穩的自我介紹吧。」

「……四平八穩？總之，只要有你在，這一年應該會過得相當愉快。」

對他的第一印象，就決定是「帶有主角屬性的煩人傢伙」了。

在其他同學們自我介紹時，我打開手機遊戲，用一早在超商買的點數轉蛋。是說百抽還能爆死也太扯了吧。這機率哪裡像三%了！

「雪兔，要不要交換聯絡方式？」

種姓分級儀式一結束，隔壁耀眼的爽朗型男就馬上向忙著轉蛋的我搭話。

不愧是帥哥，才剛認識就直呼我的名字。這樣的傢伙和我竟然是同個種族，實在叫人難以理解。

「你會不會太猴急了點啊田中。」

「誰是田中啊！我是巳芳光喜。剛才不是自我介紹了？」

「抱歉，我完全沒在聽。」

「你到底是來學校做什麼的啊，第一天就暴衝成這樣……」

我是真的沒聽到自我介紹，但或多或少還是有點在意，這個叫巳芳的帥哥，為什麼要找我說話。

「你剛才是沒聽到我說的嗎？你找我這種極度陰沉的厭世之王說話幹麼？我老早打定主意，要賴在校園種姓制度的最底層貼著地板生活了。」

「你哪裡陰沉了，你分明就是班上最醒目的。我可不記得見過比你更有趣的人。不管那些了，我們交個朋友吧？」

這傢伙到底在說啥？聽了我的完美自介，竟然還想和我當朋友，肯定是有所企圖。

我凝視著眼前的爽朗型男，然後終於察覺到。

哦——原來如此，這傢伙是想拿我當陪襯是吧？

只要有我這個悲觀厭世的人在身旁，他就能將自己身為爽朗型男的主角屬性給襯托到最大限度。沒錯，只要有我這個路人在。

「巳芳，好一個陰險小人。不過嘛，跟不知有何居心的人相比，這種打著小算盤找我說話的傢伙或許更好相處。」

「怎麼莫名損了我一頓，你是不是搞錯了什麼啊？」

「所以呢，當你朋友要做些什麼？付你錢就好嗎？」

「拜託不要突然講這種莫名其妙的話好不好！你過去到底經歷了些什麼呀！」
「想不到我的邊緣人計畫會因為這點小事而破滅……」
「先說好，我猜大家對你的第一印象根本不是邊緣人，而是個有病的傢伙。」
「很好，沒有問題。請多指教，光喜。」
「呃、哦。你的反應怎麼變來變去的，精神狀況到底出了什麼毛病啊……算了，總之這一年請多指教啦！」
他的帥氣笑容差點閃瞎我的狗眼。感覺連靈魂都被淨化了，我在心中把對他的印象往好人那邊微調了一點。
「對了雪兔，你放學後有事嗎？」
「蛤？要幹麼？」
「沒有啦，大家難得進了同個班，所以想拉有意願的人去卡拉ＯＫ辦場聯歡會，九重同學你要來嗎？」
光喜身後出現一名女生插話。
那是一個留著栗色鮑伯頭的女生。開學第一天就想召集同學辦活動，顯然就是個社交能力極強的人。
換言之就是嗨咖中的嗨咖。說是與我站在對立面的死敵也不為過，就如同蛇與蛇獴，是終有一天要決一死戰的對手，必須多加留心。
「原來是嗨咖王啊。不對，女生得改稱女王，我能叫妳伊莉莎白嗎？」

「我的名字叫櫻井香奈好嗎，還有為什麼是伊莉莎白!?」

「看來我們無法互相理解……不過，真虧妳想找我去啊？」

「我剛才看你跟巳芳同學聊天，感覺也不像是個壞人。」

我將視線轉向伊莉莎白身後，已經有好幾個打算參加的同學聚集在一起，而我一看到其中的成員就打退堂鼓了。

休想叫我去，那根本就是地獄。就像是某個存在於魔界的村子一樣殺意滿滿。

「抱歉啊，櫻井同學，晚點我還有事沒辦法去，謝謝妳邀請我，連我的份一起好好玩吧。」

「這樣啊，雖然可惜，但有事的話就沒辦法了!之後再約吧！」

「嗯，下次再約，那麼再見——」

說完我便趕緊逃離同學們互相察言觀色的教室。

說有事其實也是真話，今天媽媽會遲點回家，我必須準備晚餐。

不過最重要的理由是，我不想和她們待在一起。

「不對吧，九重同學那樣哪算陰沉啊……？」

櫻井香奈看著走出教室的九重雪兔說道，他給人的印象根本亂七八糟，真叫人頭痛。

「回絕邀約還能如此得體的人反而少見吧……」

「我也沒想到，**雪兔竟然有那樣的**一**面**？真叫人摸不清頭緒——」

巳芳光喜的視線也落在他的背影上。

其實我壓根沒期待過校園生活，只覺得又要過上無法滿足又無聊的日子。看來一切都是我的杞憂。會在這裡再次見到他純屬偶然，可是沒想到他竟然產生了如此變化，完全是超乎我的想像。

雖在意他至今到底發生了些什麼，但相較之下，還是期待的成分大點。

「好了，大家出發吧。」

就這麼，同學們的聯歡會開始了。但誰都沒想到，這竟是騷亂的開端。

◆

十二名同學聚集在卡拉ＯＫ，人數相當於全班的三分之一，多虧巳芳和櫻井向全班同學搭話，使得這場聯歡會並沒有局限於感情要好的小團體參加。

大家訂了兩個包廂，各自開始交流。

「是說啊——九重仔當時講的到底是什麼意思？」

「對啊，我也好想知道，可惜他沒來。」

同學們唱歌歡談了一個小時，漸漸收起對彼此的戒心。

外表看似辣妹的峯田美紀和櫻井，將話題轉向九重學兔，而國中時曾擔任足球社王牌的高橋一成，以及巳芳也加入對話。

「他絕對有什麼毛病，哪有人會在自我介紹時大聲宣揚要退學。」

「一成你不必擔心啦。雪兔他是真的很有趣。」

「巳巳，你好像挺中意九重仔的，為什麼啊？」

「我們以前有些交集。」

「欸、你們認識喔？」

「不，對方應該不記得了，我也是今天才第一次跟他說上話。不過我知道他是個厲害人物。」

「我記得巳芳同學很擅長運動對吧？你說九重同學厲害，也是指運動方面？」

巳芳光喜擅長運動，已是班上同學周知之事。畢竟才一開學，就有學長專程跑來教室拉他入社團。

見到這種情況，就算沒一起上過體育課，也能明白他的過人之處。

「——難道，巳芳同學，國中時期打過籃球？」

忽然有聲音從其他方向傳來。

說話的人是神代汐里。

她留了一頭長馬尾，就女生而言非常高，應該超過一七〇公分。即使身穿制服，也難以隱藏她的傲人上圍。

「妳認識我？」

「不是那樣的，我想說你知道阿雪，說不定是這個緣故。」

「啊——是啊。莫非神代也打過籃球？」

「嗯，我跟阿雪讀同個國中，我是練女籃……」

「哦——原來如此，那妳知不知道，為什麼雪兔**那時沒出現？**」

「——對不起，這我不能說。」

「……這樣啊。」

櫻井和其他人，好奇地看著話中有話的兩人。

「神代同學跟九重同學很要好嗎？」

「……正好相反。阿雪非常討厭我。」

「怎麼了？小神代，到底是什麼情況？」

神代低著頭，方才的愉快氛圍轉眼間煙消雲散。

和神代聊過天的人都能看出來，她這樣子肯定不對勁。

「阿雪今天沒來，全都怪我——」

「不對，雪兔之所以沒來，是因為有我在——」

一道尖銳的聲音，劃破了現場的冰冷氣氛。

「嗯？」

「咦？」

以完全相同的臺詞插入話題之人，乃是硯川燈凪。

即便才剛開學，她和神代早已確立了班上兩大美女的地位。

不知為何，現在的她就好像披上一層陰霾，明顯與平時不同。

「妳們倆都認識九重同學啊？」

「既然認識他就早說嘛，他到底是怎樣的人？」

兩人對高橋的提問充耳不聞，視線直盯著彼此。

「抱歉，神代同學。我不太清楚究竟是怎麼回事，妳說是妳的錯，到底是什麼意思？」

「我才想問硯川同學，妳跟阿雪是什麼關係？」

現場氣氛劍拔弩張，完全無法想像這是場聯歡會。

（喂、喂！怎麼突然就變修羅場了!?）

（我才想知道！那兩人好像都認識九重仔，是不是有什麼內情？）

旁觀者交頭接耳地議論，而兩人卻絲毫不在意。

「雪兔，你到底做了什麼才會搞成這樣啊……」

現場氣氛如坐針氈，只有巳芳一人放聲大笑。

九重雪兔在國中時期隸屬於籃球社。不論男女在社團練習時都會用到體育館，做為參與同類社團的學生，彼此間有所交流也是不在話下。

一年級時，我完全不認識九重雪兔這個人。

我，神代汐里對他產生興趣，是在二年級的夏天。

當時的他不知發生何事，籃球的實力日益遽增。我不想以才能兩字否定他的努力。

他肯定是比任何人都來得投入練習，才會有如此明顯的成長。

九重雪兔就像是為了甩開某種束縛。全心全意投入籃球。放學後即便只剩下他，也會繼續練習。

到了暑假，甚至只有他獨自在練習。不光是在學校，我還看到他在公園球場打球。

身高較高的我，在女籃裡擔任大前鋒。

當時，我並不熱衷於社課，畢竟隊伍沒強到能在大賽中得名，校方對運動社團也沒投注過多的心力。不論男女，都只是想跟隊友開心地打球而已。

然而他卻不同，只有他像是著了魔般，不斷對著籃框投球。

看起來像是受某種動力驅使，又像是為了忘記某些事。

或許是被他的身影所吸引，男生們也提起前所未見的衝勁與熱情練習。

最終他成為了頂尖的得分後衛。

「只要有他在，就有機會在大賽上贏得好成績。」籃球社的人都如此期待著。

——好厲害。

沒想到光憑一個人，能夠給周遭帶來偌大的影響。我不禁發自內心讚賞。

他跟得過且過的我完全不同，耀眼到令人稱羨。他練習的身影讓我目不轉睛，卻又像是不顧自身安危。曾幾何時，我變得無法將眼神從他身上移開，於是我開始向九重雪兔攀談。

沒多久，我和他便親暱到會直呼他阿雪。

在社團以外的地方也會打開話匣。

這對鮮少結交異性朋友的我而言，是一段無比快樂的時光。阿雪既溫柔又有氣度，還達觀到不像是同年級的男生。

跟他說話就能讓我感到安心。

現在的我能清楚說出，我在那時候就喜歡上他了。

不過當時的我，並沒有成熟到能夠誠實面對這份心意。

我無法整理自己情竇初開的思緒，最後以曖昧的態度向他表白，將混亂的心情傳達給他。

就是因為不正視自己的感情，才會做出那種事，招致了一切的失敗。

還不如打從一開始就不要接近他，僅滿足於從遠處眺望他的背影就好了。

結果，我以最差勁的形式背叛、傷害了他，並將他的一切都剝奪了——

「……我是雪兔的青梅竹馬。」

在一陣寂靜之中，硯川開口說道。

「難道，阿雪會變成那樣的原因就是硯川同學？」

「是啊，不過，妳又是什麼人？妳對雪兔做了什麼？快點說！」

「我、我——」

「暫、暫停！」

櫻井見兩人吵了起來，決定介入圓場。

「今天是聯歡會嘛！大家好好相處吧？好不好？」

「唉，我先走了。」

「對不起喔，櫻井同學，把場面弄得這麼僵，我去另一個包廂好了？」

兩人離開包廂，只留下現場令人難以承受的尷尬氣氛。

「現、現在是要怎麼辦？」

「好了，一成，上去唱首歌。」

「欸、怎麼丟給我處理啊!?」

「下次我得好好跟九重仔問清楚這件事。」

「看那狀況肯定不是什麼好事……」

剩下的同學也沒心唱歌，滿腦子都想著這三人究竟發生些什麼，才會讓班上兩大美女在卡拉ＯＫ上演修羅場。

第二章「身為姊姊、身為母親」

雖然有些唐突，不過我，九重雪兔嫌疑犯，一回到家就馬上接受審問。

今天九重家的餐桌也被神祕的緊張感團團圍繞，坐在被告我本人面前的，是我姊九重悠璃。

「你為什麼要說那種話？」

今天她的眼神比平時來得更嚇人，心情肯定糟到極點，一看就是想跳過審問直接將我定罪，拜託能不能來個人治住她？我根本無能為力。

「我不明白妳在說什麼……」

即使以自家人的眼光來看，姊姊也是個長得像媽媽的美人胚子。

她留著一頭直達腰際的秀麗黑髮，五官端正又貌美，尖銳的眼神與她個人氛圍剛好契合，幾乎能稱得上是女神了。

能抽到一個SSR姊姊，肯定是靠我上輩子積的陰德，總之不會是我這輩子努力得來的，害我一天都忍不住想膜拜她個三次。

她大我一歲是二年級，同樣就讀逍遙高中。聽說她目前最有機會選上下一任學生會長，加上她的美貌，使她成為了校園數一數二的名人（詳情我也不清楚）。姊姊是我這個沒用的弟弟唯一能拿來自豪的事物，只可惜我們在高中的地位差異太大，沒被外人當作是姊弟，這點雖叫人難過，但起碼不會有人拿她的事煩我。

換做是我也不信，媽媽跟姊姊竟然跟我有血緣關係。

過去，我曾因純粹感到疑惑，對媽媽提出了「九重雪兔，實為橋下撿的棄嬰」這項假說，而媽媽聽完直接暴哭。從此這在我心中就成了提不得的禁忌。

「你交到朋友了？」

每當耀眼的姊姊對我說話，我都被閃得睜不開眼，真不知該緊張還是悲傷。

一被她圓亮的瞳孔直視，我都不由得別開視線。就像是被看不見的氣場壓制。這肯定是那個什麼來著，某種超自然的力量在作祟。

況且姊姊一回到家，就換上了領口寬鬆的大件T恤跟短褲之類的輕便裝扮，害我看哪都不對。

「……朋友……朋友……是什麼……？」

「拜託不要這樣反問，怪恐怖的。」

她應該是擔心，我這沒用的弟弟能否過上正常校園生活。

雖然我姊的溫柔是全世界都知道的事，但我若是做了什麼壞事，說不定會影響到姊姊的評價。糟糕，這下得多加注意了。

「那個叫巳芳的，不是你的朋友嗎？」

「悠璃，妳認識巳芳喔？」
我倒沒想到姊姊會提起那個爽朗型男的名字。
那傢伙其實很有名？他的外觀跟個性確實都還不錯。
又或者，姊姊其實喜歡年紀小的也說不定，姊姊的春天終於來了嗎！
「難道說，妳喜歡——那一型的？」
「蛤？」
姊姊露出了極度冰冷的眼神，就好像是等不及想判我有罪似的，害我差點被她的視線給殺死。我低著頭偷偷朝上瞥看，她還在瞪我，看來踩到一個不得了的大地雷。
悠璃使出了狠瞪！雪兔的防禦力下降了！
「我我我我、我什麼都沒說！」
我動搖到連話都說不清，我的本能告訴我，要是惹怒她當心小命不保。
「說啊，你為什麼要那樣自我介紹？」
「我能先請問一下消息從哪走漏的嗎……？」
「快回答我的問題。」
「是。」
多麼可悲，弟弟在姊姊面前，是如此無力的生物。從她的說辭判斷，她早掌握我在教室的狀況，沒想到剛開學，同學裡就出了內奸，前途多災多難啊。
「是硯川跟神代害的嗎？」

「……我無可奉告。」
「有罪，判處死刑。」
「對不起我錯了，妳說對了。」
竟然無視司法恣意下達判決，簡直視陪審團制度如無物。
「奇怪？為什麼悠璃妳會知道神代——」
「那點小事我早就掌握住了。」
什麼……竟然早就知道了！現在才四月，我就被這本世紀最大的衝擊嚇得目瞪口呆。未來實在令人堪憂。
我實在不太願意提及這個話題，姊姊似乎完美地掌握我同學的身分，甚至比連同學名字都記不得的我還要清楚，太猛了……
說不定這對聰慧的姊姊而言，不過是小事一樁罷了。
不過我真沒想到，她會連神代的事都知道。
我和硯川是兒時玩伴，姊姊也見過硯川幾次，但她和神代卻毫無瓜葛啊。
姊姊特意說出她們的名字，確實令我有些心慌。
「對不起悠璃，我還要念書。」
我吃完飯急忙收拾餐具逃離現場。
雖然就這麼逃走，可能會被她直接送上斷頭臺，但現在我只想馬上逃離這個地方。

「雪兔，你真的沒事嗎？你──」

「我沒事。」

我居然打斷姊姊說話，連我都對自己這樣的態度感到火大，我決定晚點再花錢向她賠罪，接著一溜煙逃回房間。

我一進房間連燈也不開，就直接倒在床上。

不過姊姊到底想說什麼？難不成她是在擔心我？不，這絕對不可能。

──因為，姊姊她討厭我。

「為什麼每次都是那孩子受到這種對待……」

我煩悶得直抓頭。

啊啊……真是夠了！還以為他上了高中會有所改善，沒想到反而惡化了，這一切都怪他那兩個可憎的同學。

真不該不識相地提及那些話題，可能還害他生氣了。面對逃回房間的弟弟，我竟然想不到任何話來安慰他，我對無計可施的自己感到憤怒。

為什麼我做事總是不得要領，又不懂得體恤他人，周圍的人經常吹捧我，實際上我卻是如此無能，連想辦法幫助弟弟都做不到。

我和弟弟還有媽媽，一起住在這間公寓。我們是單親家庭，父母早已離異，所幸家裡還算小康，加上媽媽收入較高，決定監護權時才沒有起過多爭執，不過我們家，卻有著其他更加沉重的煩惱。

我本來還滿心期盼那孩子入學的日子，這下子不就和過去毫無分別嗎！心中懷藏的淡淡期待就這麼崩潰，煩心事卻不減反增。

我一直希望，弟弟能夠過上愉快的高中生活，不過以現在的狀況來看，那根本是天方夜譚，我心中只剩下難以言喻的不安。就在我確認弟弟同班同學時，我的表情瞬間蒙上一層陰影，這是我所能想到最糟的組合。

硯川燈凪和神代汐里。

喜歡我弟弟，卻背叛拋棄他的笨女人，以及將弟弟的努力化為烏有的賤人。我絕不會放過這兩人，她們休想再接近我弟！

偏偏是跟這兩個女人同班，雪兔實在太可憐了。我絞盡腦汁思考，到底能為他做點什麼，可惜我卻什麼都做不到，只能等升上二年級換班。

我不禁失笑，事到如今，才擺出一副姊姊的嘴臉擔心他。我之所以討厭那兩個女人，不過是同類相斥，我最討厭的就是自己，自然會討厭那兩個與我相似的人。

我回想起弟弟離開時的表情，我又傷害了他，跟那時候完全沒變，弟弟看著我的眼神，總是充滿膽怯。

從每次雪兔都會避免直視我這點，就能推論出他究竟是如何看待我了。

他時時刻刻觀察我的臉色，若非必要，便不會和我說話。

這樣的姊弟關係，一點都不正常，可是導致事情變成這樣的，正是我自己。我還期盼著時間到了，一切自然會有所轉變，沒想到竟變本加厲。希望破滅，突顯了現實的苛刻。

以那天為分界，雪兔就再沒叫過我姊姊，都是以名字稱呼。

這樣的我哪有資格，以姊姊的身分對他說三道四。

——誰叫，我被弟弟討厭了。

「我回來了。」

過了晚上八點，媽媽——九重櫻花回家了。

她一如往常是個大忙人，總是在這麼晚的時間回家，碰上這種情況，通常是由我準備晚餐。

因為姊姊……她對家事不太拿手，或許這就是所謂的人無完人。不過連這樣的缺點都能成為反差魅力，就是當美女最大的好處。

「歡迎回來。」

「啊，嗯。對、對不起喔，沒辦法做晚餐。」

「不，沒關係。」

我是覺得都出門工作賺錢了，實在沒必要為這點小事感到愧疚，不過母親還是盡可能想自己做家事。明明交給我們處理就好了，這主要是針對我姊，一回家就變得懶洋洋的她，是該多做點家事。

「雪兔……高中還好嗎？」

「嗯，算還行吧。」

「這樣啊，那就好。」

接著兩人便陷入沉默，真是有夠尷尬。媽媽一見到我就問起學校的事，肯定是擔心我搞出問題，雖然她的操心，確實在第一天上學就成真了。

這也證明了我在她心目中，完全沒有信用可言，就算把國中時鬧出的事納入考量，也一切都是我自作自受。

「我會盡可能不給媽媽添麻煩，反正我高中本來就打算安分度過。」

「我不是這個意思，我想說的是——」

「晚餐我做好了，妳加熱吃吧，沒事我回房了。」

「……啊……」

我轉身回房，絲毫沒有察覺，母親投注在我背影的寂寞視線。

◇

「喂，爽朗型男。你就不能把臉部發出的光度調弱些嘛。」

「你可終於來學校了。」

「怎麼，有什麼事？」

「算是吧，雖然有挺多事想問問你——」

「九重同學早安！」

一早，我剛進教室，便和光喜開始了沒營養的對話，忽然有人精神抖擻地向我打招呼。對我這種陰沉的人而言，從大清早就保持活力的嗨咖，根本就是天敵，害得我剛到校便疲憊不堪。想當然耳，打招呼的正是我的死對頭櫻井香奈。

「是櫻井啊，早安。抱歉啦，昨天沒辦法一起去，大家玩得如何？」

「啊哈哈，大家一開始玩得非常熱絡喔——」

「一開始？後來發生什麼事嗎？」

伊莉莎白和剛才光喜一樣，話說到一半便吞吞吐吐的，從他們打馬虎眼的態度來看，肯定是發生了麻煩事，雖然壓根不想蹚渾水，但我思路灰暗的腦細胞，瞬間就掌握了真相。

哼哼，原來如此，肯定是發生修羅場了吧？

唯一能想到的可能性，就是聯歡會中途，有女生跑去跟爽朗型男告白，而其他女生擔心他被搶走，最後引發爭執，大夥不歡而散，才會讓今天也被這件事弄得煩心。

這推理毫無破綻，我真是太崇拜我自己了，令和的福爾摩斯，正是九重雪兔我本人。不過這光喜也太不像話了，跟過去從未受女生青睞、沒女朋友的時間＝年齡的我完全不同，才剛開學就上演八點檔。

「九重同學，我問一下喔，你認識硯川同學跟神代同學？」

「這個嘛，真要說的話算是認識吧。」

為、為什麼伊莉莎白要提起這兩個人!? 昨天光姊姊提起她們就讓我夠窘困了，莫非在不知不覺中，世上掀起了一波硯川跟神代的流行熱潮？既然如此，我能做的就只有完全無視這股熱潮了。

「方便問一下你們是什麼關係嗎？」

「也沒什麼方便不方便，就只是認識而已。我和硯川過去家住附近，算是兒時玩伴。神代則是國中時期，在社團有些交集罷了。」

「沒想到班上的兩大美女，跟九重同學有這樣一層關係。」

「想不到這麼快就冒出了『兩大美女』這個新的種姓階級……」

「可是，看她們倆的態度，怎麼想都不只有這樣——」

雖然不知道「兩大美女」到底是婆羅門還是剎帝利階級，反正不會是跟我同個等第，我也沒那膽子跟上流階級的兩人說話，所以完全不成問題。

「喂，問題兒童，還不快回座位上——」

小百合老師走進教室，看來這個話題就此打住，讓我放心不少。慢著，我什麼時候變問題兒童了？不會吧，這成了我的綽號!?

請容我在此重申。

我從以前，女人運就差到極點。

就這個歲數而論，說是命犯桃花劫也不為過了。

被母親疏遠、被姊姊嫌棄，誤會兒時玩伴和我兩情相悅，正想告白時她就交了男朋友甩掉我。在情傷未癒時，還被當成假告白的惡作劇目標，總之沒半點好事。

其他還有差點被誘拐，想幫助迷路女生卻遭她家人報警。自幼便倒楣透頂的我，被捲入了無數麻煩事後，結果就是情感徹底崩壞。

這絕對是那個啦，我一定是從異世界轉生過來的。在異世界當勇者幹盡壞事後，被人報復殺害才轉生到這個世界。絕對是因為我背負了無數罪業，女人運才會這麼差。

我從前不擅長與人深交。就算察覺對方的感情，也無法將心比心。這不是因為我害怕受傷，或是恐懼他人什麼的，純粹是無法理解這一類的情感。

事到如今，我只覺得與他人交流很麻煩，另一方面，我開始學會做表面，反正做表面又不會讓他人受傷。這就是我的處世之道，日子過得順遂就好。

當我得知這兩個傢伙和我分到同一班時，我在高中的最高宗旨，就成了極力降低與同學的接觸，就像是靜靜窩在洞窟一隅散發微光的光蘚一般，當個邊緣人過著不起眼的和平日子就好。都怪我在自我介紹時，大嘆這不合理的命運，才會害我被鄰座的爽朗型男給看上。

這樣下去不行！我的邊緣人計畫會徹底瓦解。

不過我還有最終絕招，說到邊緣人就會讓人聯想到——

「雪兔，你要參加哪個社團？」

哼哼哼，終於有人開啟這個期待已久的話題，我也真是罪業深重的男人。

放學後，我和光喜閒聊起社團的話題。逍遙高中稱不上是間運動強校，但運動社團也相當活絡。所幸的是，並沒有學生必須加入社團的校規，如此溫吞和緩的校風，在我眼裡實在獨具魅力。

「你又打算參加哪個社團？」

「有不少運動社團邀請我，還在考慮中。」

「咕！就是這樣我才討厭嗨咖。你給我聽好了，說到和我這種邊緣人匹配的社團，不就只有一個嗎？」

「阿雪！」

現階段在班上會直呼我名字的人，只有隔壁的爽朗型男才對啊？我轉頭一看，卻瞧見一個完全不想扯上關係的人物。

「是神代啊。」

神代的表情相當凝重。咦，我做了什麼讓她看不順眼的事嗎？

我完全無法理解女生的生態，我姊也是情緒不穩定，動不動就開始發脾氣。說到底的，要求沒女人緣的我去理解女性敏感的思緒，本來就難如登天。

「你現在，都不叫我的名字呢。」

「我們沒好到那種程度吧。」

「說得……也對……」

這傢伙沒事說什麼鬼話啊？我哪有可能直呼女生名字裝熟。做這種事還不會被白眼的，就只有像光喜那樣的帥哥而已。

「阿雪你會加入籃球社對吧？我想當男籃的經理！所以這次我們一起——」

籃球，現在回想起來，我國中三年全都耗費在籃球上，還真是懷念。只不過，留下的卻只有令人生厭的回憶。我沒有達成自己訂立的目標，沒留下任何成果，只記得自己給隊伍添了麻煩，我分明是為了向前邁進才努力打球，結果卻是停滯不前。

「神代，我不會再打籃球了。」

「咦……你是騙人的吧？你當時，明明那麼——」

「一切都結束了，我現在沒有任何熱情。」

「你國中不是一直傾盡全力打球嗎！」

「結果變怎樣，妳應該是最清楚的人吧。」

一瞬間，神代的表情垮了下來。她用隨時可能哭出來的眼神直視我，我沒有別開視線，正面承受下來。

「**神代，妳打算同情我到什麼時候**？」

「不對！阿雪對不起！當時我並不打算——」

「況且我這種邊緣人，哪有可能去打什麼籃球啊。放眼古今中外，適合邊緣人的社團就只有回家社啊！就是這麼回事，我早早回家去吧，再見。加油啊社團經理。」

「——等等！」

我無視神代的喊聲，走向玄關。我換回便鞋，斜眼望向在社團揮灑汗水的學生們，並悠然自得地享受回家社生活。這才是我所期望的青春，國中時整天跑社團，根本沒有玩到，現在想想根本是白費光陰。

因此，我打算高中悠——哉地享受回家社生活。如今我已失去了國中時懷抱的熱情，就算摸了球也沒任何想法，再也無法像過去那樣面對籃球了。

「像過去那樣……是嗎……」

教室內議論紛紛，當下就好比是重現昨天卡拉ＯＫ時的情境，只不過這次是由核心的兩人上演，加上目睹同學眾多。

（九重同學，這哪裡像是純粹認識而已！還有怎麼今天又上演修羅場了!?）

班上同學頻頻將視線瞥向神代，神代緊咬下脣，直視教室入口，根本沒察覺教室裡揚起的喧鬧。

「是說，神代同學，妳打算當社團經理啊？好開心啊，我正好想加入籃球社。」

「抱歉，讓我重新考慮一下。」

「咦？」

伊藤看似是對神代有意思，只可惜顯然挑錯了時機，神代完全不想理會他。

（噗哧……明知道不能笑出來，不過伊藤同學，還真有點可憐……）

（欸欸欸欸!?什麼意思，所以小神代是為了九重仔才當社團經理？）

「真可惜，雪兔竟然選擇回家社。我雖然喜歡運動，但國中時也玩夠了，乾脆我也選回家社吧。」

只有巳芳一人，也不顧現場氣氛凝重，獨自碎念道。

◇

「神啊，為何要將此等試煉降於我身……」我茫然望著黑板。

昨晚，我驟然受到環保意識感召，決心轉型成高調系環保少年。我做的第一件事，就是將所有自動筆換成鉛筆，以身作則減少塑膠用量。當下我還心滿意足地竊笑，直到開始上課，我才驚覺自己幹了什麼好事。

這些鉛筆根本沒削啊，為什麼全班沒一個人有削鉛筆機？我手上就只有三支全新未削的鉛筆，這種爛東西，跟我找不到買主的加密貨幣一樣毫無價值。無能為力的我，只好拿筆滾來滾去玩耍。

結果上午的課程我完全無法做筆記，或許會有人說「向人借筆不就好了？」，但對我這個邊緣人來說，借東西的難度實在太高，況且借自動筆用這檔行為，毫無環保意識可言，因此我只好前往福利社。

正當我起身時，忽然被人叫住。

「雪兔，要不要一起吃午餐？」

「請恕奴家拒絕。」

我不經意用起京都藝妓的說話方式回絕，不過我跟京都毫無瓜葛，連半毛錢關係都沒有。

我曾去過一次京都，當地充斥著外國人的交談聲，甚至令我懷疑起「這裡真的是日本？」。

那種事怎樣都無所謂，反正沒必要確認出聲的人是誰，誰叫我們相處的時間，長到不可能會聽錯她的聲音。硯川燈凪，光是想起這個名字，就讓我的頭隱隱作痛。

「硯川，不要再跟我扯上關係了。」

「為、為什麼？我們是同班同學，而且還是青梅竹馬啊。」

「那是很久以前的事，現在不再是了。」

「為什麼要說這種話？那分明是雪兔你擅自決定的。」

硯川燈凪，我曾經喜歡過的兒時玩伴。我自以為是地誤會彼此是兩情相悅的那個人。正當我打算告白，就被她給甩了，好個可悲的丑角。

「硯川，妳去找其他人吃飯吧，跟我吃飯實在對不起妳男朋友。」

「————！」

教室裡一片譁然。糟糕！硯川她有男朋友，在國中算是廣為人知的事，但上了高中卻不一定有人知道，我竟然將她的隱私說溜了嘴。

「連這點事你都不答應嗎……？」

「硯川，這是為了妳好。換做是我，見到女朋友跟異性朋友過度親暱，肯定不是滋味。如果是普通同學就算了，我們還是兒時玩伴，妳也不希望男朋友跟其他女生膩在一起吧？」

「就說了那是——！」

我不以硯川的兒時玩伴自居，主要理由就是這個，我想對方應該沒有小心眼到，看見她跟同學吃飯就會嫉妒，但如果是異性的兒時玩伴就另當別論了。

當硯川選擇其他男人時，我就不可能和她在一起。

男朋友見異性兒時玩伴和她這麼親密，肯定會感到不安。

而且硯川還是真心喜歡那個男朋友。畢竟才剛交往，就做了**那種事情**，兩人感情肯定很好。

我唯一能做的，就是和她保持距離，不要妨礙到她。為什麼硯川連這麼簡單的道理都不明白，我們本來就不可能回到原本的關係。

「抱歉，我趕著去福利社。」

正因為過去曾喜歡過她，才希望硯川能夠幸福，這是我發自內心的希望，因此我絕不能成為他們分手的原因。我不能待在硯川身邊，那不是失戀的可悲男人應該待的地方，因為她選擇的並不是我。

至於現在又如何？我還喜歡硯川嗎？

我想現在的我——永遠無法體會那樣的心情。

九重雪兔的勁爆發言使全班震驚。

「欸，硯川同學竟然有男朋友喔？」

「畢竟那麼漂亮，有男朋友也理所當然啊……」

「真假——我本來還想追她的。」

「是誰啊，讀我們學校的嗎？」

「啊，這麼說來硯川同學在國中時——」

眾人開始傳播情報，而制止這項行為的正是硯川本人。

「——不要講了！抱歉，拜託大家……不要再提起這件事……」

似是悲鳴的喊聲劃破教室空氣。那是顯而易見的拒絕，表達絕不允許提及此事的堅強意志。硯川憔悴的面容，否定了眾人的行為。

「抱、抱歉，硯川同學……」

教室陷入一片死寂。本該是愉快熱鬧的午休時間，卻被壓得人喘不過氣的沉默給支配。

「是我不對……全都怪我……」

沒有人聽到，硯川小聲嘟囔的這段話。

◆

為什麼我偏偏買了兩個紅豆麵包，一般不都會選擇不同口味嗎？這只能說是自己年輕氣盛導致的結果，這一類永遠的謎團，意外地隨處可見。學生餐廳人滿為患，我朝外頭走去，找一個能獨自靜靜吃飯的地方，碰巧看到了逃生梯。這不是最適合我這個邊緣人的用餐地點嗎？在這裡吃吧，就這麼辦。

「——相馬，請妳跟我交往。」

沒想到好不容易抵達了理想鄉，居然有人正好在這告白，逃生梯什麼時候成了告白景點？轉眼間，烏托邦崩潰了。仔細想想我還是第一次看見別人告白，話雖如此，我對他人的戀情沒丁點興趣，也沒打算湊熱鬧。我決定無視兩人的對話，一屁股坐在樓梯上。

呼，失敗，果然不該選兩個甜麵包。我一週大約有三天會自己做便當，兩天靠福利社或學生餐廳解決。媽媽忙著工作，我也懶得每天煮飯，於是決定吃外食解決。當然，姊姊的份也是由我做，之前我隨口提議「不如其他幾天的便當由悠璃來做吧？」，她正眼也不瞧我一眼，就塞了五千圓給我，存心是想收買我。

也罷，反正讓不擅煮飯的姊姊來做便當，結果肯定慘不忍睹。

「呃……你，找我們有什麼事嗎？」

不知為何剛才告白的男生對我搭話，似乎是高年級的。

「咦？不好意思，我們是初次見面吧？我沒有事要找你們啊。」

「呃……那你……」

我壓根聽不懂他在扯什麼，說起來，你們告白關我啥事？

為何會誤以為我有事找他們，你們正上演著告白這等大場面，何必把我捲進去？

「那你，為什麼要待在這？」

「啊啊，你是問這個啊！沒有啦，我只是想找個能單獨靜靜吃飯的地方，最後就找到這了。我不過是個死氣沉沉的邊緣人，而且口風跟縮成一球的巴西三帶犰狳一樣緊，把我當空氣就好了。別擔心，你們繼續。」

對方歪著頭，勉為其難地吞下了我的說詞。我是真心覺得這事與我無干，要是他不這麼想我才傷腦筋。

「呃……那麼，相馬同學，能現在給我回覆嗎？」

學長和學姊戰戰兢兢地開始了對話，並不時將視線瞥向我這。我的存在感，不過就跟空氣中氦氣的比率相等，為何需要在意，就是這樣我才討厭小心眼的傢伙。

「對、對不起。」瞥。

「能告訴我拒絕的原因嗎？」瞥。

嘴裡塞滿膩口紅豆餡的我，猛烈地渴望水分，這時候果然得來杯牛奶，別看我這樣，其實還挺想再長高點。

「那個，因為我，並不是很瞭解你。」瞥。

「要不要試著交往來認識彼此呢？還是說妳有喜歡的人？」瞥。

「沒有，但是真的很對不起。」瞥。

「唉，我知道了，那我放棄，謝謝妳來赴約。」瞥。

看來是結束了，學長說完便離開現場。這下終於安靜了，膽敢在我好不容易發現的休憩空間干擾我，那怕是學長也照樣得判有罪。

不知為何，學姊坐到我身旁，不對啊，妳怎麼還不走。

「唉，碰上這種事還真傷腦筋。」

「現在該傷腦筋的應該是我才對。」

「啊哈哈。是說你到底來這做什麼啊？難道你也要向我告白？」

「學姊妳自我感覺爆表了吧。」

「其實我對剛才那男生根本不熟，碰到不認識的人對自己告白，哪能有什麼想法。」

「我的天，這人開始自言自語了。」

「你真的是學弟？嘴巴也太壞了吧？稍微尊敬一下學姊好不好？」

「相較於我為何會買兩個紅豆麵包的謎團，我對學姊實在沒太大興趣。」

「我居然輸給了紅豆麵包……？」

快點滾啦！這女人到底是怎樣，幹麼突然跟初次見面又沒相干的學弟聊天，她是把我當成牆壁之類的東西嗎？

「又沒關係，稍微聊聊而已啊。反正你都跑來這種地方了，肯定是沒朋友的邊緣人吧？」

「這學姊仗著自己有人追就欺負我！」

「抱、抱歉，你生氣了？」

「沒啊，仗勢欺人學姊真是個好人，我身邊一個個傢伙，都不承認我是陰沉邊緣人，妳這麼講讓我好感動。」

「嗯——聽得我也不太想承認你是邊緣人了。」

「別這樣嘛，仗勢欺人學姊。」

「拜託你別這樣叫我好不好!?我還從沒被取過這麼丟臉的綽號。」

「還是妳比較喜歡叫欺人學姊？」

「把仗勢欺人四個字通通刪掉啦！你到底是怎樣啊？」

「那是要我怎麼叫——啊，算了，我沒興趣。」

「機車！你真的很讓人火大耶！」

怎麼這個學姊，跟剛才學長在的時候完全不同。當時她看起來還挺端莊的，現在倒是變得相當開朗健談。

「我叫相馬鏡花，是二年級，請多指教喔。」

「為什麼我沒選克林姆麵包……」

「聽我說啦！比起麵包，多對我這個人提起興趣好不好!?」

「欸……」

「有必要這麼排斥嗎!?好啦，告訴我你的名字嘛？」

「我叫九重雪兔。」

「嘿——九重喔，這麼說來二年級也有一個人姓九重。」

「啊，那是我姊。」

「咦？所以你，是那個九重悠璃的弟弟？」

「我也懷疑自己得做個DNA鑑定。」

「這個自虐梗太恐怖了我笑不出來，拜託適可而止吧？」

「是。」

雖然我根本不覺得這算自虐，但要是這話被姊姊聽到，我也不知道自己會有何下場，還是別輕易說出口好了。

「哼——你之後還會來這裡嗎？」

「我有時還是會待在教室吃，大概一週來個一兩次吧。」

「這樣啊，那我也偶爾來這吃飯好了。」

「真麻煩啊……啊、剛才那句請往善意方向解讀。」

「不要以為說有善意，講什麼都會被原諒好不好!?」

「這樣啊……謝謝指教。」

「其實我剛才是真的有點悶，跟你聊過心情好了不少，謝謝。」

「那我能收諮詢費嗎？」

「啊哈哈，好啦，下次我請你吃克林姆麵包。」

「是女神啊……以後就稱妳為女神學姊好了。」

「拜託不要!?總覺得你真的會把這類玩笑話給說出口，有夠恐怖的。」

「誰叫我的人生跟笑話沒兩樣。」

「就說這種自虐梗笑不出來了！」

結果我在這跟學姊聊到午休時間結束，邊緣人計畫再次打水漂了，我不過就是想靜靜度過校園生活，這點微不足道的目標，究竟要何時才能達成。

◇

單反和無反，這兩種相機在我腦內交手的戰績，目前是五勝四敗。但我老實不客氣地說，攝影外行人所追求的，絕不是畫素多高什麼的，而是便捷性。我媽做什麼事，通常會先從備齊道具開始，幾年前她突然想拍小孩的照片（八成是想拍姊姊，誰叫她是美女），便直接購入了全片幅數位單眼相機。

我醜話說在前頭，這玩意有夠重，加上鏡頭都不知道有多少公斤。我就不懂，幹麼不選 APS-C 相機（註1），或是輕型的無反也成，為何偏偏就買了個重到誰都不想拿的全幅單眼，最後只能供在家裡。

而且算上定焦還買了五個鏡頭，有夠浪費。

「我之後會居家工作，一週去公司一趟就好，終於能好好待在家裡了。」我媽媽——九重櫻花如是說。

真是滿面春風，難得能見到她心情如此美好。

這陣子社會情勢變化巨大，學校臨時停課的情況也變多，實在讓人靜不下心。不過我也不知道，主動關心是否為正確選項，總之先裝不清楚，隨便附和一下好了。

「是喔——」

「整體工作量也會減少，這樣就能多花點時間陪你們了，媽媽好開心喔。」

「喔，不錯呀。那麼之後媽媽能幫忙做便當嗎？」

「那當然，對不起喔，之前都拜託妳。」

「畢竟是忙工作，沒關係啦。」

我為媽媽和姊姊的對話感到不解。怪哉？為何我覺得，姊姊把該是我講的話給搶去了。負責做便當的分明就是我啊，由我來說「沒關係啦」才是正確的吧。

但我並不是個會趁機邀功又小肚雞腸的男人，我的度量就如瀨戶內海般廣闊。畢

註1　先進攝影系統C型的縮寫。

竟交給悠璃處理，只會招致慘劇，只好期待她藉此機會，向媽媽學習怎麼做家事，也就是俗稱的新娘修行。反正姊姊是個美女，即使算上她糟糕的個性，也肯定不缺對象……奇怪，不對勁喔，總覺得有股殺氣……

「我說你，是不是在想些失禮的事？」

「小的不敢。」

就算媽媽在家時間變多，我能做的事也就還是那些，我繼續像隻被馬戲團馴養調教的熊，唯唯諾諾地過活。

就在我們如此閒聊的星期六，我去了趟家電賣場，回程心裡，充滿對無反相機性能暴漲的驚豔，卻碰上了一場意外之雨。

不是說今天不會下雨嗎！正當我對著天氣預報傳送滿身怨氣時，瞧見一名女性杵在自家公寓前，抱著行李深感困擾。

「請問怎麼了嗎？」

先不提她被這場急雨淋得一身溼，看她大包小包的，相信是難以行動。

她是一名貌似溫和的女性，從外觀判斷，應該是比媽媽稍微年輕些，這還是第一次在附近見到她。

「哎呀，請問你是？」

「我就住在這，妳有什麼困擾嗎？」

「哎呀，原來是這樣啊！那麼以後我們就是鄰居了。」

「以後……是嗎？」

「我剛搬來這，我叫冰見山美咲，今後請多指教。」

「我叫九重雪兔，所以妳碰到什麼問題嗎？」

「咦……？不好意思，能麻煩你再說一次名字嗎？」

「敝人名喚九重雪兔。」

「為什麼要改用古語說話？你是……九重雪兔……？」

「妳認識我？」

「那個……我是……」

冰見山小姐欲言又止，此時雨勢轉強。

「總之先進去吧。」

總不能一直待在外頭。雖然狀況不言自明，但鄰居之間還是有個基本禮儀在，良好關係都是由圓滑的溝通所堆砌而成，絕不可小覷。不知她是否也理解個中道理，即使扛著行李，明顯為目前處境感到困擾，依然面露微笑。

「我還得先把東西搬進去。」

「雨變大了，先進去吧，我幫妳拿。」

「雖然你願意幫忙我很開心，但我的行李太多了，雨又下得那麼突然，你也想早點回家吧？這樣不好意思。」

「不必在意，這都是為了圓滑的溝通（以下略）。」

「你這樣講害我好在意省略的部分……不過我確實很傷腦筋，能請你幫忙嗎？」

「收到，我來給妳幫幫忙啦。」

「哎呀呀，呵呵，你居然會用這種老氣的詞啊。」

「瞎到爆，人家可是當今的ＪＫ。」

「ＪＫ是指女高中生喲。」

我們一邊進行著充滿代溝的對話，一邊坐電梯來到五樓，抵達了冰見山小姐的房間，原來她住在我們家正對面右側，那間似乎是出租的單身公寓。

「不好意思喔，害你全身淋溼，我馬上給你拿毛巾。」

「不了，不用介意。」

「這樣我過意不去啦，你要不要先進來？」

被招待進單身女子房間，這種令人心跳加速的稀有事件，突然就被我碰上，害得我都緊張起來了。冰見山小姐似乎真的是剛搬進來，房間裡擺滿了紙箱，也沒什麼怕被看到的東西，讓我鬆了一口氣。不是我想找藉口，不過按常理思考，我好歹也是個男人嘛。

「對不起喔，我還沒整理好行李。你先坐那邊吧，紅茶跟咖啡你喜歡喝哪種？」

「謝謝，可以的話給我咖啡好了。冰見山小姐是這週剛搬進來？」

「是啊，周遭都沒認識的人，本來還很擔心，幸虧馬上就遇見你了。」

她將咖啡遞給我，奇怪，她幹麼坐我旁邊？一般不都是坐對面嗎？忽然飄來一陣甘美香氣，刺激了我的鼻腔，莫非這就是成熟女性的費洛蒙!?冰見山小姐看起來大我不少，但依然是位美女。

然而我不得不誇誇自己，我那鋼鐵般的精神，是不會為這點程度產生動搖。

「妳一個人住？」

「過去，我曾有過未婚夫。不過後來因不孕治療不順遂，他又得繼承老家的旅館，所以他的父母不承認我們之間的關係。他們說什麼都想要小孩……」

啥？這人怎麼突然爆出如此沉重的話題？我們還只是初次見面耶。之前跟女神學姊（名字忘了）好像也發生過類似的事……所以是怎樣，我身上散發出「請找我談心」的氣場嗎？

「所以呢，要是在那時生下小孩，就不會像這樣一個人住了也說不定。」

「是這樣啊——」

背部直冒冷汗的我，決定少說兩句。過去的人生經驗，正用超高音量對我發布警報，這絕對是會被捲進麻煩事的前兆，要是現在不快點逃，我肯定沒命。不對，是我的貞操難保！

「後來啊，我打算當老師，結果還是放棄了。」

「如果冰見山小姐當班導，應該有很多人會感到開心吧。」

「你真的這麼想？」

「咦？」

「你是說真的？」

這人直接貼上來了！她泛紫的瞳孔直盯著我，她的眼神縹緲、閃爍不定，透露出心中不安。

「……我想是的。」

「這樣啊，謝謝。如果你不嫌棄，之後也跟我好好相處吧？」

「這、這個當然……好。」

要是被她察覺我在敷衍就糟了，對方可是身經百戰的女性，而我毫無戀愛經驗，不可能是她的對手，但我有什麼辦法，誰叫她味道這麼香。為什麼她要貼這麼近說話？她是喜歡我嗎？就算我會錯意也沒辦法啊！

「對了，晚點我還得跟鄰居打招呼，我也想跟你父母聊聊。」

「不、不必這麼費心也沒關係吧？俗話說都市是水泥叢林，跟鄉下不同，左鄰右舍幾乎沒交集，大家其實也不清楚隔壁住什麼人，從這類繁瑣之事解放，才是現代人應有的——」

「這些禮數不能省啦，而且你剛才不是也說了，這是為了圓滑的溝通之類的話？」

「我無言以對。」

「到時候我再帶喬遷蕎麥麵過去。」

「是。」

我真的拿年紀比我大的女性沒轍。

「哎呀，是誰啊？」

我九死一生地度過了危險的星期六，隔天晚上七點，我家門鈴響起。今天是星期天，我媽也待在家。她穿著寬鬆的毛衣跟緊身褲，叫我不知該往哪看。但我實在無法移開視線，誰叫那個屁股——不知為何姊姊開始瞪我，我決定暫時放棄思考。

嗯，那身材真的是非常美好，不知是不是媽媽刻意維持的？

「我去開門。」

來訪的是冰見山小姐，這麼說來，她好像有說過會登門拜訪之類的話。面對這時隔一天的再會，我的身體直飆冷汗。

「晚安，雪兔。」

「一天不見，冰見山小姐。」

我怎麼不知道我們倆的距離縮得這麼近，她都親暱到直接叫我名字了，這絕對是招致破滅的典型模式。

「昨天真是多虧有你幫忙，謝謝你。今天我就先簡單打聲招呼，之後再向你回禮吧。」

「不會，請不用放在心上。」

「那怎麼行——」

「雪兔，是誰啊……呃，請問妳是哪位？」
「她是剛搬到隔壁的冰見山小姐。」
「哎呀，是這樣啊？」
幸虧有媽媽出來幫忙應對，得救了。雖說我想立刻逃離現場，但我必須說明與她認識的經過，只好逼不得已留在原地。
況且冰見山小姐根本不放開我的手，她幹麼要抓住我啊!?
「今後還請多指教。」
「您客氣了，之後碰到什麼困擾，儘管來找我們沒關係。」
「謝謝，再見了，雪兔。」
「嗯，冰見山小姐再見。」
話剛說完，冰見山小姐就在我耳旁細語。
「你想要什麼回禮，都可以說喔。」
「——都、都可以!?妳這樣講會害我當真啊……」
「你想要什麼都可以說說看。」
不過是幫忙搬些行李，就能賺到如此回報。這到底什麼情況！
「請不要把我當小孩看待。妳要是再捉弄我，那我會要求抱抱喔。」
即使是冰見山小姐，聽到這種要求肯定也會感到噁心吧。
「可以啊，來吧。」

我的企圖一秒就破滅了。她竟然毫不猶豫抱了過來。

「等等，騙妳的，我開玩笑的！嗚哇，好軟！我受不了——」

「你、你們在做什麼！」

媽媽見此狀，急忙想把我們倆拉開。但出乎意料的，冰見山小姐擁抱的力道，俗稱ＨＧ（Hug）力實在非同小可。

「啊啊～總覺得一切都無所謂了。」

「雪兔，你振作點！還有你別一臉賺到的表情！」

我無法動彈了，我現在的阻力已經降到０ＦＤ。

「呼，滿足了。」

冰見山小姐看似抱得心滿意足，終於將我解放開來，不知為何，總覺得冰見山小姐的心情，比第一次見面時要好上許多。

她輕輕摸了摸我的頭。

「對不起喔。你太可愛了，我才忍不住把你當小孩看待，你應該不喜歡這樣吧。」

「啊——該怎麼說，我很少被這麼做，感覺十分新鮮，就好像是被媽媽抱。不好意思，這樣形容女性應該很失禮吧。」

「呵呵，這樣啊？好開心呢。」

「太好了，妳沒感到冒犯。」

「不會啦，如果想撒嬌，隨時都能跟我講喔，畢竟我也只能做這點事。」

「冰見山小姐……我好歹也是高中生了，應該不必吧？」

此刻的她面露愁容，令人印象深刻。

「雪兔，再見了。櫻花小姐，我先失陪了。」

「好的，晚安。」

說完，冰見山小姐便回去了，看來終於挺過難關。即便是鄰居，也不可能三天兩頭就見到她，我總算是放下心中大石。

然而媽媽看著我，露出不安的神情。

「唉……」

九重櫻花大大地嘆了口氣。我走向陽臺，試圖讓腦袋冷靜下來。冰涼空氣撫著我的臉頰，從上頭流落的雨珠，濡溼了陽臺。

冰見山美咲小姐，看似是位個性溫柔的女性，和雪兔又相談甚歡，我想她應該是個好人，未來或許會有所交流也說不定。

只是，我的心卻如同烏雲密布的天空一般，為其他事而憂慮。

「真是……羨慕啊。」

羨慕、憧憬、渴望，數種情感在心中複雜交錯。

兒子和她的互動，就有如親密的母子，那正是我理想中的模樣，要是能像那樣面對孩子，不知能有多幸福。如果能像那樣歡談，肯定能更加瞭解兒子。

不過那已成了無法實現的夢想。我們母子間的關係，已經僵得只能聊些無關痛癢的瑣事。我不知道該如何是好，無法改善與孩子們的關係，這一直是我心中的遺憾。

我想拍下孩子們的模樣，守候他們成長，最終相機只能擱在家生灰塵，我甚至不記得，上次三人一同出門是什麼時候了。我們母子三人相依為命，但我卻連親子間的情誼都守護不了。

「很少被這麼做」、「就好像是被媽媽抱」，雪兔的話深深刺上我的心頭。那麼我究竟算是什麼？

我有辦法抬頭挺胸說自己是母親嗎？我試圖回想起，兒子最後一次向我撒嬌是何時，可惜卻是徒勞，那孩子至今從未對我撒嬌過。

不注意他、不聽他說、不讓他說，一切都是愚昧的我所犯下的錯。

曾幾何時，一切變得理所當然，兒子再也不向我要求任何事物。我從他的眼中看到達觀，他不期待、不渴求，放棄了一切。

他之所以變成現在這樣，全都是我的責任。當我察覺時，早已太遲了，他之後的所作所為，就像是在訴說，一切都是我的錯，我才是罪魁禍首。

我們的關係就這麼逐漸崩壞，而他在缺乏家人呵護下長大，成長歷程中傷害他人、被他人傷害，最後甚至沒有察覺心靈受了傷。或許一切都為時已晚，這樣下去，他究竟會變成什麼樣子？

內心被不安所支配，我用力搖了搖頭。只要誠實面對心中情緒就能察覺，我懷抱的感情，其實十分簡單醜惡，那一瞬間，看著兩人互動的我，純粹是感到嫉妒。

「我的兒子，會不會被她搶走？」我心中一隅，懷藏著這樣的恐懼。

我必須承認，自己確實產生了這樣的想法，我知道就血緣而論，雪兔確實是我的寶貝兒子。同時我又產生一個疑問：「光是有血緣關係就稱得上是母子嗎？」能夠證明我們是母子的，僅僅只有血緣而已。

或許，雪兔根本沒把我當作母親。若不是這樣，他又怎會一本正經地問我：「我是不是橋下撿來的？」

那孩子肯定不認為自己被愛著，只有這點是毋庸置疑的，無論如何辯解，我過往的態度都無法否定這點。

他的心靈，欠缺了人生下來就應當享有的親情滋潤，結果便是——他的感情有所缺憾。

如果是她——冰見山美咲的話，肯定能給予他充分的愛情。他們明明只有一面之緣，我卻能從她眼中感受到親愛之情。還有她莫名地黏著雪兔，換作是我想與兒子肌膚相親，雪兔也肯定不會允許我這麼做。

如果，我這個媽媽無法給予他親情，那麼對他而言，我就等於毫無用處了。

我感受到一陣莫名的恐懼。不要，只有這件事不能發生——！

我為什麼要努力工作？因為對我來說，最重要的就是家人。我不想與他們分開，不希望他們不認我這個母親。我們三人相依為命，我們家，就只剩我們三人了。打從我做了這個決定，支撐我的，就只剩下家人，我不想後悔，更不想就這麼放棄。

所幸工作告一段落，我沒必要一直跑公司，加上現在轉換成居家工作，待在家的時間也大幅增加。這也許是我最後的機會了，我要糾正長久以來對孩子視若無睹的關係，真真正正地面對小孩。

要是錯失這個最後的機會，一切真的就毀了。我堅信，一切還來得及。仍有辦法挽回，我們能從頭來過。

不論——有多麼困難。

第三章「謊言的代價」

「在學校別找我說話。」

「唉，真是有夠麻煩，為什麼我會跟你這種人是青梅竹馬。」

「拜託你別鬧了，我很忙的——像個白痴一樣。」

「騙子。」

我從她眼中看到厭惡。我以為兩人相處得很融洽，當時我甚至還相信，友情、親情、緣分，這類看不見的東西確實存在。

當我察覺已經太遲了，只能接受眼前的事實。即使知道一切無法挽回，我還是死命掙扎，最終戀情輕易破滅。

我早已習慣被厭惡，這次只是輪到被她討厭，不過如此罷了。我竟抱持著不切實際的幻想催眠自己，「她與別人不同」、「她不可能會討厭我」。但若這是她的願望，那我就不能再給她添麻煩了。

未來，我只能乞求她得到幸福，並不要再與她扯上關係。

「我對你好失望。」

「為什麼要對她——！」

「你不要待在我身邊，肯定會招致不幸。」

「——不要再來了。」

煩躁、焦急，言語中夾雜了各種譴責，我背叛了她的期待，雖然我連理由都不清楚，但我對於他人的失望卻不感到意外。

或許我心中早有這樣的預感也說不定。久違的第一句對話竟是訣別，然而我只能順從，反正我們之間的交點已寥寥無幾。

我根據她的想法，重新解釋了我們倆的關係。

我沒資格當她的「兒時玩伴」，現在連朋友也不是，變成了無關的他人。

◇

人類一步步累積起的文明之中，也有從未改變的事物。

像是傘的起源得追溯到四千年前，但傘的造型卻從未改變，不過摺疊傘是一百二十年前才發明出來，也無法說是全無進化。

為什麼拍照時要講「笑一個」？想聽山壁回音時要喊「呀呼」？人類被此類舊習囚禁已久，是不是該有所進化了？於是我決意成為人類進化的尖兵，對著眼前的高山大喊。

「塔爾塔羅斯！」

高山無語。完了，我的情緒直線掉進地獄。

我只好放棄挑戰人類歷史，對眼前不解之事提出疑問。

「爽朗型男你這是在開什麼玩笑。」

「應該沒比你剛才的行為更好笑才對吧？」

「我只是在挑戰人類的可能性。你說說看，現在是什麼狀況？」

天空被厚雲所覆蓋，似是在說明不歡迎我們。

眼前是都市裡難以一見的雄偉自然，我深吸了一口氣，感受新綠芬芳。只可惜氣象預報說晚上天氣會轉壞。

我看著眼前的巳芳，今天他的型男光輝又更上一層，這傢伙是內建閃光燈嗎？還敢給我裝傻當作沒事，我現在給你個機會好好為自己辯解。

「這什麼什麼到底是什麼狀況，為什麼我會分到這什麼什麼的組別？」

「你不要一直什麼什麼的，又不是當機的機器人。」

我、光喜、硯川跟神代四個人，組成了在這班上，可說是與我八字最不合的小組。這肯定是爽朗型男的陰謀。

我們在山道入口等待出發，但此刻的我對現況充滿疑問。

今天我們來到山上校外教學，學校每年為了讓新生增進感情，在開學後會立即舉辦健行活動。我們將花兩小時登山，吃完午餐後再下山，就我來看，這跟叫你挖個洞再把洞填好相去不遠。

「這分明就不對勁吧！為什麼我會在嗨咖團體裡？像這類活動，不就是同學找親近的人一組最後缺人，班導才拜託他們，勉為其難讓無處可去的我加入，這才是邊緣人的職責啊？」

「你確實是因為我們缺人才加入啊。」

是沒錯，但現下最大的問題並不是眼前這男人。

「你這麼懂我，應該知道要拒絕讓我加入啊！」

「我懂個屁啊！我也只是碰巧跟她們同組好不好。」

在我和光喜爭執時，硯川和神代的視線也不斷刺向我。有夠尷尬，這跟上司明明對新進員工說不必拘禮，最後卻在聊天時發火一樣尷尬。雖然我沒出過社會。

我並不想妨礙她們，把我當作是不小心掉在高速公路的單手手套無視掉，開心度過校園生活不就好了。

難得一次校外教學，乖乖跟要好的朋友同組不就行了，何必跟自己過不去。

此時老師的哨聲響起，指示學生開始登山。山路僅微微傾斜，沒有任何困難與危險，走起來十分自在。

相對地，我們這組的氛圍卻差到極點。爽朗型男連說話技巧也相當完美，他努力帶話題，不讓聊天中斷，但我就不懂他幹麼動不動把話丟給我，他們三人開開心心爬山不就得了，害得我不得已化作只會回「啊、是」、「不會啊」、「相反來說」的機器人。題外話，經常有人會講「相反來說」，真的有必要這樣回話嗎？

不知不覺，我們抵達目的地。恰到好處的疲勞和登山成就感，以及從山頂眺望的自然美景，讓不少人展露笑容。

話雖如此，也大約有半數組別缺乏體力，一抵達山頂就氣喘吁吁地坐在草地上。

唉……好尷尬，雖然我千百個不願意，但又不能無視，只好不甘願地向她搭話。

「硯川，妳還好吧？」

「雪兔？咦……謝、謝謝。不過，為什麼？」

我將剛買的運動飲料，遞給獨自坐在遠處的硯川，她的氣色不佳，並為我找她攀談感到驚訝。

我想她會有這疑問也很正常，畢竟開學後，我從沒找她說過話。

我主動對她保持距離是事實，但我也不懂為何事到如今，硯川還以青梅竹馬自居並主動接近我。過去否定這點，選擇疏遠的正是她自己，當時我想改變這樣的關係，結果就被她甩了。

這讓我回想起，硯川一上國中就對我說：「在學校別找我說話。」

那時她剛進入新環境，正與新認識的人建構關係，八成對青梅竹馬這段孽緣感到厭煩，才會想要疏遠我，所謂的人際關係，也不過就是這種程度的東西罷了。

對她而言，我成了絆腳石。我們之間的關係早已結束，如今只是外人。

「到處都有自動販賣機還真方便。」

　　硯川的呼吸相當急促，但她氣色不佳的理由不光是累了，看她的動作，似乎是在保護腳踝，雖然她想隱瞞腳傷，但一眼就被我看出來了。爬到山頂前，我們幾乎沒有對話，就算抵達目的地，我們也沒理由假裝相處融洽，這點程度的事我當然明白，但現在似乎不是在乎這些的時候。

「抱歉，我沒考慮到步調。」

「不會，是扯大家後腿的我不對。」

「不用介意啦，硯川同學！」

「回程得走慢點。」

　　神代跟光喜同樣關心硯川，他們認為是自己走太快才害了她。

　　正巧在場全員，都是與運動無緣的回家社成員，不過我至今仍會慢跑跟做重訓，神代國中時參加女籃，爽朗型男則是十項全能，以至於我們這組的爬山步調過快。換做是過去的我，肯定會更早察覺到，這不只會增加消耗的體力，還對硯川的腳造成過大負擔。即使現在我們形同陌路，我也不忍看硯川受苦。

「硯川，脫掉。」

「……咦？不、不能在這裡啦!?這種事應該在其他地方——」

「妳在說什麼啊，快把腳給我看。」

　　她到底以為我想做啥啊？我從包包取出運動繃帶，坐在硯川面前。硯川終於察覺自己會錯意，滿臉漲紅的她點了點頭，並把鞋子脫掉。

「這、這樣可以嗎？」

「襪子也脫掉，不然我沒辦法綁繃帶。」

「可、可是……」

「嗯？啊啊，我不會在意味道。」

「這、這種事不用說出來！」

即便我心裡沒有一絲歪念，但被異性說這種話肯定覺得很丟臉，我得好好反省。

「有道理，我剛才那麼說實在不夠體貼，妳放心吧，妳的腳散發出花兒的芳香。」

「你這樣講哪裡體貼了！」

「沒有啦，我擔心說有味道妳會受傷……」

「有、有味道嗎⁉」

「妳說吃泡芙哪有不掉餡的對吧。」

「不要瞎扯了！到底有還是沒有啦，快點說！」

「我知道了啦，大不了我捏住鼻子不聞就是了。」

「你這不是在拐彎說有味道嗎！」

「妳要求很多耶，妳這麼堅持我聞總行了吧！」

「對啊快點聞……不對不對！絕對不可以聞！」

糟糕。現在不是享受硯川足香的時候。

「冷靜點，不要亂動。我會稍微碰到腳喔？」

「嗯……」

這或許就是所謂的少女心吧，硯川忽然就靜下來了。在旁人眼裡，我八成是個藉機偷摸女高中生腳的變態人渣，若是有人報警，我還是乖乖認罪好了。

不過硯川似乎沒打算呼喚警察叔叔，勉強過關。我用運動繃帶，順著腳底、腳踝、腳後跟、腓腸肌，包紮到阿基里斯腱。

「雪兔你好熟練啊，你平常都帶著這個嗎？」巳芳嘆道。

「畢竟我會跑步嘛。」

「你還是跟我一起加入運動社團吧。」

「對我來說回家社就是運動社團。」

其實我也不算說錯，反正我這陰沉邊緣人回到家，能做的事也只有念書跟健身。

你問朋友？哈哈。

「會太緊嗎？試著動動看。」

「嗯、嗯……大概沒問題。」

「這樣應該會輕鬆不少，下山慢慢走吧。」

「謝謝。」

「會痛再跟我說，再見。」

「等、等一下！」

正當她叫住想離去的我，旁邊忽然有人拍我的肩膀。我轉頭一看，班導小百合整個人上氣不接下氣，以充滿歉意的表情看著我。

「九重……抱歉，也幫我包紮一下……」

「老師，妳這樣怎麼參加小孩的運動會啊。」

「我還未婚好不好！」

「起碼也要偶爾活動筋骨啊，不然未來傷腦筋的可是妳自己。」

「我有什麼辦法，每天回到家都已經晚上九點，連晚餐都只能靠外食解決，哪還有時間運動。最近生活節奏錯亂，皮膚乾到連粉底都不服貼。我的人生完蛋了！我要就這麼乾枯至死了！」

老師失魂落魄地哭喊，她的話太過寫實，害我難以吐槽。

不過老師好歹是個成年女性，我實在是不太方便幫她包紮，啊，我想到了！

「神代，我教妳，妳幫老師包紮。」

「我、我嗎!?」

我向站在一旁觀望的神代搭話，接著將道具交給她。

「妳不是說想當社團經理？這可是必備知識啊。」

「這樣啊，說得也對。嗯，明白了，我試試看。」

神代以認真的神情，兢兢業業地幫老師包紮。

「太緊了太緊了！」

「哇哇、對不起！」
「老師，我發現橘皮組織了，哦，這兒也有。」
「混帳！這種事怎麼能在女性面前說出口！」
「別這麼氣嘛，我教妳能夠消除橘皮組織的按摩方式如何？」
「我給你操行成績加分。」
「感激不盡，嘰嘻嘻嘻嘻——」
「別一本正經賊笑怪恐怖的，還有你那根本不是笑聲吧。」

到了自由時間，我上完廁所回來，不知為何硯川跑來坐我旁邊。
硯川摸了摸腳踝，似乎有點在意運動繃帶。
「沒想到這類東西真的有效，我還是第一次用，好不可思議。」
「應該沒長水泡或磨破皮吧？有的話就說一聲，我有ＯＫ繃。」
「為什麼你會準備得這麼周到……」
「也不知為何我經常受傷，所以會隨時備著。」
「這麼說來，雪兔國三時也受過重傷呢。」
「妳知道啊？」
「那當然，我一直都看在眼裡。」
看在眼裡？硯川？看我？為什麼？

「反倒是我都沒有注意妳。今天也是，妳這麼難受我都沒察覺。」

「……是說，你為什麼要幫我？」

她的表情相當凝重。回想起來，我所認識的硯川個性相當強橫，對我總是惡言相向。現在倒是沒有那樣的氛圍，與印象完全不一致。

她就好像，變回了我最早認識的那個硯川，但又有些不同。

「我們是同班同學，總會擔心一下。」

「同學……這樣啊，說得也對。」硯川反覆咀嚼剛才那句話。

我摸了摸自己口袋。

「給妳巧克力，吃了打起精神吧。」

「咦？……謝謝。這麼說來你以前好像也經常給我。」

糖分是消除疲勞的最佳解，那怕效果只是一時之間。

「只要靜養馬上就會好了。」

我起身打算離去，卻被她纖細的手抓住。

「——對不起，不要走。」

「那個……妳還留著喔。」

「欸？啊……你還記得啊？」

「我自認記憶力算好的。」

我碰巧看到硯川的手機殼上，掛了個醜醜的熊吊飾。

那是我以前在祭典攤販上拿到的。吊飾早已褪色，變得破破爛爛的，實在稱不上好看，她竟然還在用，這倒是讓我感到訝異。

「那個時候，真的好開心……」

「妳跟男朋友吵架了？」

「這……對了，燈織說想見你。她也想考逍遙。」

「這麼說來我們好久沒見了，她還好嗎？」

「很好，不過我跟她現在正吵架中。」

「妳們感情不是很好嗎，真意外。」

「嗯，不過是我造成的，你覺得我該怎麼做？」

「只能道歉吧？」

原來吵架中的不是男朋友，而是妹妹啊。不過姊妹吵架要和解應該不是難事，哪像我從來不敢跟悠璃吵架。

燈織是燈凪的妹妹，是個會稱我作哥哥的妹屬性佼佼者，應該也算是我的兒時玩伴。在我記憶中，燈織是個溫柔的完美妹妹，只要道歉她肯定會原諒對方！

「她絕對不會原諒我的，誰叫我踐踏了燈織的心意。」

硯川望著遠方，似是回想起某些事，而我只能一語不發地望著她。身為局外人的我，根本沒辦法幫上忙，姊妹吵架終究不是外人能插嘴的事，不過我多少能感受到，硯川似乎是在等待我開口。

「既然無法回到從前的關係，那就只好建立起新的關係了。」

「……咦？」

「就算無法變回感情要好的姊妹，也仍有辦法建立起全新的姊妹關係，這點全看硯川妳跟燈織了。雖然這話由我說實在沒說服力，畢竟悠璃討厭我。」

「呵呵，她才不可能討厭你呢。不過，原來如此啊，說得也對，謝謝你。」

她的表情漸漸柔和，不過下一個瞬間，她就像是為下定決心而深吸一口氣，接著以堅定的神情面向我。

硯川緩緩起身，腰桿挺直，對我深深一鞠躬。

「對不起，過去總是對你惡言相向。我一直想著要早點向你道歉，不過，又期待能像一切都沒發生過，再次回到以前的關係。我明明知道，那是不可能發生的事。」

「硯川？妳在說什麼？」

「我知道這樣做真的很自私，我的內心醜陋，既傲慢又任性，只考慮到自己。所以……真的很對不起！」

硯川雙肩顫抖，不停對我謝罪。這是硯川的悔悟，即使眾目睽睽，仍要向我傳達心中的想法，只是——

「呃……不好意思，我怎麼不記得妳對我說過什麼過分的話？」

「……咦？」

我純粹感到困惑，我連硯川為何道歉都不清楚。

「應該是我該向妳道歉。對不起啊，硯川，我不小心把妳的事說出來。」

過去，硯川向我搭話時，我不慎將她有男朋友的事說溜嘴。雖不知她心裡是怎麼想的，但個資被人洩漏，肯定不是滋味。

「我很感謝妳。我有時候……就是要別人點醒才會明白。」

「為、為什麼雪兔要對我道歉？做錯事的人分明是我啊！那時候也是──！」

確實硯川曾對我惡言相向，但她說的不過是事實，我並不覺得那很過分，也不認為是毫不講理。

多虧她明確說出為我的行為感到困擾，我才總算認清自己。關於這點我其實很感謝她，起碼比她表面上與我來往，實則內心生厭要來得健全。

「我們也沒吵架，我也沒生氣，妳沒理由向我道歉。」

我們並不是因為吵架才分道揚鑣，不過是前進的道路有所差異，最後我無法待在她身邊而已。對這點，我並沒有任何恨意或懊悔。

「──妳真的很溫柔。就是這樣……我才不想再見到妳。」

再會僅會釀成悲劇，要是我們從未謀面，也不會讓她露出此般表情，她在我心中依然是非常重要的存在。

正因為如此，我才不能妨礙到她，只能祈禱她能幸福。

沒資格當她的兒時玩伴，連當朋友也沒資格的我，不過是她其中一個同班同學罷了。

我將毛巾弄溼，纏在運動繃帶上冷卻患部，並告訴硯川盡量不要亂動後，便離開該地。

「阿雪！」

神代見我離開硯川便上前搭話，令我更加憂鬱了。

「你、你跟硯川在聊什麼？」

「腳臭、姊妹吵架跟前程諮詢。」

「呃……我不太明白。」

怪了，我明明一五一十傳達給她，神代似乎完全聽不懂。

「大家說下次想一起出去玩，之前阿雪你沒來，這次要不要參加？一定會很開心喔，你有想去的地方嗎？」

「我去只會讓氣氛僵掉，還是算了吧。」

「……這、這樣啊，不過你去的話我也會很高興喔！」

正因為神代汐里為人直率，看她失望的身影才更令人心疼。

她的人氣之處，就是能毫無芥蒂地與任何人相處，但現在的她卻缺乏了平時的活力，造成這狀況的原因就是我。

她的瞳孔搖曳，似是在求助，完全沒有過往天真爛漫的影子。

「告訴我，為什麼妳會來念逍遙？」

「因為……我知道阿雪要讀這間。」

這答案爛到極點了。我好歹自認，已經把能做的事都做足了，也跟神代交代不必再向我謝罪。要是沒這麼說，神代肯定每天都會跑到醫院來，這樣只會招致不必要的閒話，而我只想避開這點。說到底，會導致這樣的結果，全都是我自己的責任，神代根本無需自責。

要是有個萬一，她在病房撞見悠璃，那才真的大事不妙了。

我根本不想再見到她，卻想不到她會主動追來。

「喂，神代，在妳眼裡我真的有這麼可憐嗎？有慘到要妳憐憫嗎？」

「我沒這麼想過！我知道你討厭我，我沒跟學校的人談，也沒幫你復健，我只是想為阿雪做些什麼，我只能做到這點事……拜託，讓我幫上你的忙！不然我……」

「即使我不願意也一樣？」

「……我知道，阿雪根本不想再見到我。畢竟我為了自我滿足利用了阿雪。可是，我不想就這麼與你道別……」

她渾圓的瞳孔閃爍著，淚水好像隨時會奪眶而出。

「唉……神代，我沒有需要妳幫忙的事。算我求妳了，隨便找個社團加入吧，妳那麼搶手，回家社根本不適合妳。」

「可是……對不起，我想跟阿雪在一起！」

「跟我在一起害妳難受不就沒意義了。」

只要有我在，神代便會飽受良心苛責，我不想看到神代受苦，所以保持距離才是最好的做法，只要她能在我看不到的地方展露笑容，那就足夠了。

「……阿雪，你真的再也不打籃球？」

「我對籃球毫無眷戀了。」

我本來就是因為失戀才拚死練習籃球，說實話這行為不值得讚許。

只是我至今仍保有過去打球養成的習慣。

「不過我偶爾還是會打街籃。」

「真、真的嗎⁉」

早知道不該多嘴，神代一聽便兩眼發亮。

「不過是習慣罷了，畢竟不運動身體會生疏。」

「你在哪打？什麼時候⁉」

「我都在公園球場打……」

她揮去眼淚，眼神如充了電般散發光芒，再次變回我所認識的神代。喂喂，神代妳搞什麼⁉為什麼光是聽到我還有在打籃球，就像變了個人似的，落差大到股市都快發動熔斷機制了。

「我、我也要去！我們一起打球吧？」

「有空再說吧？」

「嗯！」

我根本拒絕不了，誰叫她靠這麼近！她的眼神充滿期待，讓我聯想到祈求主人要去散步的狗狗，如果她有尾巴肯定是甩個不停。

神代果然還是適合活力飽滿的模樣，無精打采的根本不適合她，她打骨子裡就是一個體育會系學生，從那時候就完全沒變。

我猜她八成是想活動身體吧，在搜尋引擎打上「回家社」，預測查詢字串八成會出現「垃圾」、「後悔」之類的負面單字。神代的容身之處應該在其他地方，她真的沒有必要陪我。

先不論這些，我實在是按捺不住心中衝動了。

「神代，握手。」

「汪！」

「來——神代去撿回來！」

我將做為緊急糧食隨身攜帶的糖果丟了出去，神代見狀便直奔向丟出去的糖果。

欸，她真的去撿了？啊、回來了。

將糖果撿回來的神代，臉頰微微泛紅，眼神直視著我，似是期待著什麼，這是叫我如何是好？

「不、不摸摸我的頭嗎？」

「神代，妳聽好了，妳是人，不是狗，這點要有自覺。」

「要我這麼做的分明就是阿雪啊！我都特地跑去撿了！」

這傢伙在說什麼啊⁉真這麼做，在別人眼裡我不就成了藉機偷摸女高中生的變態人渣——總覺得這話我剛剛好像也說過？真是夠了。

既然她堅持，那我也沒辦法！我細細觀察了神代十來秒。

她變得比以前更有女人味，還留有一絲未脫的稚氣。不過，現在的我是不會停的。

我說做就做！我就做給妳看！

「我懂了，如果妳堅持要當隻狗，那我就當自己是個飼育員吧。」

「我、我沒有那個意思，但如果這麼做你肯摸的話……」

「神代，我已經做好覺悟了。好乖好乖好乖——好乖好乖好乖——」

「阿、阿雪!?是摸頭啦！那邊……不能摸肚子！」

「好乖好乖好乖——好乖好乖好乖——妳把東西撿回來了呢，好乖喔～」

「呀！不能摸那邊、啊……我、我不行了……住手……」

神代發出了苦悶的喘聲，不知道我得判多少年？希望還有減刑的餘地……

「這樣妳總該回想起自己是人類了吧？」

「我是、人類。」

「呼，幸虧我的犧牲沒有白費。」

「阿雪！這、這種事，對別人做可是性騷擾喔！」

「不對吧，對妳做一樣是性騷擾啊。」

「你明知道還做!?」

「身為人總不能連這點自覺都沒有吧？」
「就算有自覺也不能做啦！」
兩人你一言我一語，此時神代忽然笑了起來。
「哈哈哈哈哈……對、對不起，不知怎麼眼淚都流出來了……」
「花粉症嗎？」
「不是啦。對了阿雪，你的手已經沒事了？」
「是啊，所以妳不需自責。」
「但我沒辦法當它沒發生過……」
神代如同觸摸傷口一般，小心翼翼地碰了我的手。也不知為何，我受傷算是常有的事，幾乎稱得上是家常便飯，甚至連疼痛的感覺都一併習慣了。
與神代間的閒聊，讓我們的關係稍微回到一年前。
即使如此，也跟一年前有著決定性的差異，現在的我和神代的關係並非對等，不誇張地說，不論我怎麼對神代性騷擾，她八成都不會告我。
只要這點沒變，我和神代間的關係，就會如凍結般停滯不前。

◆

「不見了……！怎麼會⁉掉在哪……騙人……怎麼會……！」

「硯川同學妳怎麼了？」

「不在、不見了！我的吊飾！」

就在我們走回山麓準備搭上巴士時，硯川慌張地摸索行李。她的手握住吊飾的繩子部分，而前端那醜醜的熊吊飾卻消失了。

「那個啊，爬到山頂時不是還在嗎？」

「嗯，肯定是在下山時掉了！怎麼辦……要是沒有那個……！」

「我看就算了吧？」

「我不要！……我要去找！」

「別胡說了，巴士都要開了耶。」

「可是——！」

「吊飾會斷就表示壽命到了啦，妳已經算是用很久了吧？」

「可是……可是那是雪兔最後給我的……——」

「那種東西叫男朋友買給妳不就好了。」

「不要講了！我不想聽！」

硯川倉皇失措，她有那麼喜歡那隻醜熊？女生的喜好實在難以理解。但就算是如此，現在也不可能回頭去找了，現在正和其他學生一起團體行動，大家不可能為了硯川一人延遲回家時間。

雖然我不認為那是有多重要的東西，但只好一面安慰硯川，一面帶她回到巴士，這時的她有如斷了線的人偶直低著頭。

這是天罰嗎？是因為我很久沒跟雪兔說上話得意忘形了？

如果是，那也未免太殘酷了。巴士晃呀晃的，一陣難以言喻的焦躁湧上心頭，對我而言，那個吊飾象徵的是情誼，它證明了那段無可取代的時光確實存在過。

而且，它也是雪兔送我的最後一個禮物。只要我開口，雪兔或許會給我其他替代的東西，但是，我要的並不是替代品。

我想要的東西，真正期盼的事物，如今已無法得到了。

怎麼辦……我該怎麼做……？回到學校馬上再過來找吧，應該沒掉得太遠，或許能在天黑前找到。

不過這樣的想法，馬上就被身體否定了。爬山累積了過多疲勞，今天已經難以動彈，甚至天氣也開始轉壞。獨自在這狀態下尋找實在太危險，況且我也不能把其他人捲進這種事。

那麼明天再找呢？時間一拖久，找到的可能性就會降低。

我遲遲無法得出答案，拖著沉重的步伐回到學校。班導小百合老師開始晚點名，不論她說什麼，我都無法聽進去，卻不知為何，只有這段話清楚地聽到了。

「喂，九重人勒？」

「他剛才好像說身體不舒服，就先回家了。」

「我怎麼都不知道？巳芳，是真的嗎？」

「我也不清楚。」

「反正馬上就要放學了是沒差啦……那個問題兒童，起碼先跟我說一聲吧。」

他的座位上空無一人，說起來，回到學校時就沒見到他人影，我們明明一起坐上巴士，到底是怎麼回事？他看起來也不像是身體不舒服，是肚子突然痛起來嗎……之後再問他好了，雖然他肯定不會回我，但還是有點擔心。

我心中充滿難以言喻的忐忑，糟糕的預感不斷膨脹。

「我回來了！」

我放聲大喊卻沒收到任何回應，多麼可悲的獨腳戲。

一小時前現場還滿是學生的喧譁聲，現在只剩下我一人。

我過去曾妄想到鄉下過慢活，嘗試以大自然為家，可惜對我這個現代人而言難度太高了。光是徒步一分鐘內是否有便利商店，就掌握了我——九重雪兔的生殺大權。我跑便利商店的次數，多到店員八成給我取了奇怪的綽號，但我一點都不想知道真相如何。

「畢竟沒辦法放著不管啊。」

我們好歹也認識很久了，見她如此難過，實在無法視若無睹。

就算我們只是普通同學，見到對方有困擾，上前幫個忙也不為過吧。我在心裡為自己找藉口，重新提起精神。

我回想起登山的路徑，在登頂時與硯川說話時，那吊飾確實還在。意思是它肯定落在登山道的某處。當時風也不強，應該是不會被吹走，但若是被松鼠之類的小動物叼走，那一切就完了，得趕緊動身。我以最快速度跑回來，但時間已經過了下午五點，天空被雲層覆蓋，氣溫也一口氣驟降，距離太陽下山大概只剩一小時。

「硯川，要是往返一趟沒能找到，那我可只好放棄了……」

◆

我將包包往房間隨便一擺，整個人倒在床上，熟練地滑起手機，這是我每天回家的習慣動作。

手機裡塞滿了當年快樂的回憶。不過，一切在國中二年級便中斷了，從那之後，手機的照片越來越少，開心的日子逐漸褪色，每一天都黯淡無光。照片裡映出的，只有自己憔悴的面容。

「已經沒辦法回到那時候了？我不要……」

當時我總是在笑，乍看之下，表情是皮笑肉不笑，但內心總是十分快樂。我身邊有著那個曾經最喜歡的人，當我貼近他想拍照，他總是一臉困擾，又看似害羞，最後面無表情地讓我拍，這一切都是我最珍惜的回憶。

——最後，我失去了這份最珍惜的回憶。

照片上的我身穿浴衣。每一年，我都會和他一起逛夏日祭典。

一開始是雙方家族同行，不知何時變成只有我們倆去。

一切回憶都是如此夢幻、美麗且溫柔，至今我也難以忘懷。不過，全部都被破壞了，還是被我親手摧毀的。

說不定，我們現在還有機會兩人一起出去玩？等我們情感加深，一起出門逛祭典、牽手、接吻，回家後兩人——淚水不禁從眼眶溢出，愚蠢的我，丟失了最珍惜的事物。

為什麼？懷抱如此疑問是一種罪過。因為全都是我的錯，是我捨棄了一切。我醜陋、膽小、卑鄙，是我無法承受這份幸福，所以把它毀了，我們再也無法像過去那樣談天說地了嗎？

我不要……我想再多和你聊天……像過去那樣觸碰你……

祭典那天，他握住了我的手，我因過度害羞，瞬間將手甩開，我不想被他察覺自己有多緊張。

「我沒有出手汗吧？」我腦中只想著這個，並偷偷拿出手帕擦手。

之後，他再也沒有握過我的手。不對，並不是這樣，明明只要由我主動握住他就好了。

無法傳達的心意和話語，明明想讓他知道，卻遲遲拖到今天。要是早點向他傾訴，或許就不會過上背負著懊悔的每一天。

在他面前我總是踟躕不前，只要看著他的眼睛，就怕得什麼話都說不出口。直到那一天，他終於覺得我這人怎樣都無所謂了。

不是青梅竹馬，不是朋友，甚至連同班同學都不是，只是個無關緊要的他人。一想到他或許是如此看我，我的內心就被恐懼支配。

即便如此，從他的言行，依然能得知他很在意我。我相信，他仍珍惜我這個背叛他的人，所以才會有那樣的舉止。這個想法，一直是我內心的支柱。但我沒想到，我會因此而更加痛苦。

一切都到了極限，我無法再承受了。明明編入同一個班，或許能成為改善關係的切入點，但是我做不到。我靠得越近，他的距離就變得更遠。

國中三年級時也是如此，當時他受了重傷，回想起來，他總是遍體鱗傷。總會被捲入事件受傷。不過，他從沒告訴過我其中的理由，他只說一切都是自己的錯，從不怪罪他人。

為什麼、為什麼會變成這樣——

今天，我們難得說上話，我實在無法壓抑自己的情緒，感情如風暴一般噴湧而出。

我抱膝坐著，將身體縮成一團，輕撫腳上的運動繃帶。

纏上繃帶後走起來輕鬆多了。他有注意我，無論何時，他總會在我需要幫助時來救我，不過，只有那時候沒這麼做。

我回想起雪兔的話，決定順從這份心意。

就算無法回到從前，我們還是能建立新的關係，若是我現在仍躑躅不前，不親自踏出那一步，這一年，又將被我白費。

未來不會再出現這樣的機會了，說不定我們再也無法見面。他不允許我接近他，難道我希望就這麼結束嗎？就這麼甘願當一個膽小鬼嗎？當然不願意。

「——拜託，再給我一次機會。」

我如同向他人許願說道，又像乞求原諒，我緊握顫抖的手，希望能取回錯身而過的往日。

我鼓起勇氣向他道歉，不過，一切都不對勁，就好像咬合出錯的齒輪一般。腦中只想著道歉的我，被他的話語弄得無法思考。

「……我到底想和雪兔變成怎樣的關係？」

回想起來，我們兩人沒吵過架，也沒有生氣，每次都是我單方面宣洩情緒。

把一切都告訴他吧。至今到底發生了什麼，我又為何要那麼做，讓他知道我真正的心意，不要隱瞞、不要害怕，把我的一切傳達給他。

然後，我將把一切都交給他，所以拜託，再給我一次機會——

「這麼小的東西是要怎麼找到嘛……」我乏力坐倒在樹蔭下。

不，找是找到了啦⁉只不過是往返了三次才找到，即便我對體力充滿自信，但這次真的是累壞了。雨水剝奪了我的體力和體溫，雙腳也直打哆嗦完全站不穩。是說天太黑了吧！還不知從哪冒出了貓頭鷹的叫聲，真是別有一番情調啊——幸虧不是野狗冒出來，雖然眼睛總算是習慣黑暗，但碰上野狗我就真的沒轍了。

我現在人大概在半山腰，稍微偏離登山道的山坡上，沒想到吊飾會跑到這種地方，或許是掉的時候滾到這邊。我仔細盯著它看，這醜熊的表情越看越火大，真不懂硯川幹麼把這東西當寶貝……

我從硯川那收到的東西、回憶，打從那時就全部丟掉了，一個都沒剩下。沒想到硯川卻——

我拋開腦中胡思亂想，現在那麼晚了，再不快點可能真的回不了家，我拖著疲憊的身軀走下山坡。

唉……幸虧最後有找到，看硯川當時如此糾結，最後肯定會一個人跑來找，我這麼做不過是自我滿足罷了。說實話，我暫時不想看到大自然了，身為現代都會人，與自然實在無法相容。晚點去澡堂泡個澡吧……咦、奇怪？

我一個不慎被泥濘絆倒。

「完了。」

膝蓋頓時乏力失去平衡，啊——這下完了，我要滾下山坡了。

時間流動變得異常緩慢，只可惜我人生的走馬燈短到引人落淚。

「我的朋友，未免太少了吧？」

我一面為自己的人際關係淡泊的程度感到傻眼，一面跌落山坡。

◇

燈籠高照，祭典樂隊演奏著輕快節奏。喧鬧中夾雜了歡愉的氣氛，我單手拿著棉花糖，和她順著攤販漫步。

「噯，我想吃蘋果糖。」

或許是受當下氛圍影響，她露出往日那般發自內心的笑容，至今已鮮少看到她這樣的表情。她伸出被糖果染得通紅的舌頭，眼睛瞇成一線，調皮地笑了出來。

可能是名為夏日祭典的魔法，讓她在這一天返璞歸真也說不定。

「你看那個，你很擅長打靶對不對，幫我拿！」

以白色為基底的藤色浴衣，突顯出了清純，與她十分相襯。

我在打靶攤打下了她相中的獎品，她將那個小巧熊吊飾放入束口袋，接著順從高昂的心情，踏出了輕快步伐。

對我們而言，這是每年的例行公事，我們堅信未來也是如此。日落西沉，僅只一發的煙火，宣告祭典開始。

「那個，明、明年啊……不要以——而是……」

她低頭呢喃，卻被周遭逐漸轉大的人聲掩蓋。

倏地，「轟」的一聲，我們望向天空，夜空中綻放了五彩繽紛的煙火。身旁的人發出「哦——」的歡聲，我們也看到入迷。

人流遽增，我和她被擠得拉開距離。

為避免走散，我急忙握住她的手。

「——！」

她的眼中滿是驚愕，倏地將我的手甩開，我伸出的右手失去目的，在虛空徬徨。

「啊……」

她吐露了輕微的喘息，接著如遮掩自己表情般轉向後面。

也許一切只是我意亂情迷。上了國中，她便開始對我惡言相向，我早該察覺到的。

她早就暗示過我了。

我們的關係逐漸變化，最後步向尾聲。

她將我的手甩開，表達了拒絕的意志。

「——嗯……奇怪……？」

身體好重，地心引力起了變化？腦中一片迷霧難以思考。

沾染汗水的T恤黏著背部。就算想起身換衣服也嫌煩，只好作罷，我現在連拿毛巾擦身體的力氣都沒有。

朦朧的記憶漸漸鮮明，我終於記起自己感冒了。

儘管身體變得殘破不堪，但我總算是回到家裡，只是在雨中勉強自己的結果，就是一到家便直接倒下。拿溫度計一測竟然高達三十八度，我只好隨便洗個澡，直接倒進被窩，剩下的事就不記得了。

我確認時鐘，時間過了十二點，我睡了半天以上。

身體還有點重，但比昨天好多了，體溫也降到平均溫度。

我吞了感冒藥，估計再睡上一覺明天就能上學。

仔細想想我好像很久沒感冒了，這或許是開始鍛鍊身體後第一次，應該是被雨淋到害的。

最近總是慌慌張張度日，除了給自己造成精神壓力外，現在感冒還給家人添麻煩了。

寂靜中，只聞秒針滴答地轉，如節拍器般規律的聲音，再次引我進入夢鄉。總覺得做了場懷念的夢，內容似是開心、又像悲傷，最後僅留下失落。

視線剛好掃到放在桌上的吊飾，我都快忘了有這個東西。

話說回來，這醜熊到底哪一點讓硯川如此中意，難道這其實是相當稀少的寶物？這樣就能說明她為何會如此慌張了，既然如此，還是趕快把這個還給硯川吧。

啊，不過現在倒是不可能做到，我想著想著，意識又陷入黑暗之中。

◆

「我有事想問你，巳芳同學，有空嗎？」

「欸，我嗎？請稍等一下。」

午休時間，一名意想不到的人物出現在教室，那人便是雪兔的姊姊悠璃學姊。

剛才還靜悄悄的教室忽然議論四起，還聽到有人小聲說：「是不是要找他告白啊？」雖然巳芳同學確實很受女生歡迎，但只有悠璃學姊不可能做這種事，她特地跑來這裡，肯定是為了雪兔的事。

霎時間，她以帶有明確敵意的眼神指向我，估計神代也被她瞪了。

「悠璃學姊為什麼會……」

雪兔今天感冒請假。昨天他還提早回去，看來身體是真的很不舒服。我本來下定決心，今天要好好面對他，真是走霉運。

不過比起自己的事，我更擔心雪兔，在我心中的莫名不安，至今還仍未退散。

「這是怎麼回事？」

「所以我才來問你，昨天根本沒空管這些——」

走廊上聽到了夾雜著困惑的字句，證明了她絕對不是來告白。一會，兩人對話結束，巳芳同學臉上掛著不解的神情回到教室。

「怎麼了，巳巳？」峯田問道。

「不，我也不太清楚……不對、慢著，原來是這樣！難不成那傢伙……硯川同學！」

不知巳芳同學察覺了什麼，忽然神色大變，並向我搭話。

「聽說昨天雪兔是晚上十點才回到家。」

「為什麼會這麼晚才回家，他昨天不是……」

「是啊，那傢伙早早離開了學校，卻在深夜才回到家，昨天晚上還下雨，結果今天，他就請假了。」

我真心痛恨直到現在才察覺事情真相的自己，甚至小心眼到，嫉妒比我更加理解雪兔的巳芳同學。

「這只是我的推測，硯川同學妳說吊飾掉了對吧，難道雪兔他……」

我在巳芳話說完之前，就飛奔離開教室。

「等等、請等一下！」

我實在坐立難安，用盡全力衝了出去，甚至都忘記自己腳還痛著。不斷湧上的焦躁，驅使我叫住想回到二年級教室的悠璃學姊。

「請問……！」

「……有什麼事？」

「雪兔他沒事嗎!?」

悠璃學姊是雪兔的姊姊，我已經好久沒和她說上話了。過去的她非常溫柔，但如今……

「……他只是感冒，今天早上燒也退了，馬上就會好。」

「太好了……我能去給他探病——」

「硯川同學，拜託妳，不要再激怒我了。」

「——!?」

如無機質般冰冷的聲音，打斷我的話。

「為什麼，那孩子昨天會晚回家？他到底跑去做什麼，妳知道嗎？」

「啊……這……」

巳芳同學所言，終究只是推敲，沒有明確證據。面對不知該如何答覆的我，悠璃學姊再也無法隱藏心中怒火，她語帶憤怒地說：

「妳又欺騙了那孩子嗎？他都已經遍體鱗傷了，妳居然還！」

「對不起！這都是我的錯！要不是我多嘴——」

或許這一切只是場誤會，但我卻無法停止道歉。

「妳夠了沒有！到底要把他耍到什麼程度妳才甘心！」

現場氣氛凝重，越來越多人圍觀。悠璃學姊大嘆了一口氣。

「唉……讓開，我沒空陪妳閒聊。」

「請等一下！我也——！」

「妳絕對不准來。」

悠璃學姊說完便直接離去，只留下我呆站在原地。

「完了，有夠無聊。」

登登——滿血復活！雖然完全恢復，不過肚子可餓壞了。

媽媽偏偏在今天要去公司，害她失魂落魄的，她本來還說要照顧我一整天，她要是真做了這麼恐怖的事，我哪還有辦法好好休息。

睡了一天，全身充滿了無處發洩的體力……正當我打算煮頓豪華晚餐時，正好聽到打開大門的聲音。

這麼早回來？這時間不可能是媽媽，所以是姊姊？乾脆再躺回被窩裝睡算了。

不過我一靜下來，就聽到有人在玄關對話。

「……給我回去。」

「——可、可是！」

「我會負責照顧他，妳來只會礙事。」

「拜託！讓我看他一眼就好！」

「妳既然這麼在意他，那時為什麼要——！」

「——！」

「這跟拋棄弟弟的妳有任何關係嗎？」

「我、我才沒……」

「再見。」

大門被粗魯地關上，而我被那場爭執嚇得膽顫心驚。

姊姊回家第一件事就是進我房間，我不期待她有進房間先敲門這個常識。她似乎趕著回來，呼吸有些急促。

「如何，還好嗎？」

「燒退了，身體好不少……剛才，有誰來了嗎？」

「……是推銷報紙的。」

「這謊也說得太爛了。」

「蛤？」

「我失言了。」

少騙了──！剛才到底發生什麼事!?雖然沒聽清楚對話，但怎麼想那氛圍都絕不單純啊!?哪有人會為訂報紙起爭執啊。

不過，看她似乎不打算告訴我，在意也沒用，反正姊姊只要「蛤？」了一聲，就代表我絕無反駁的機會，這是我們家的鐵則，做弟弟的真命苦。

「我買了些對身體好的東西。」

她把運動飲料、營養食品和果凍放下來，不知為何全都是蜜桃口味，雖不懂這神祕的蜜桃崇拜是怎麼回事，但是有好消化的食物吃實在感激不盡。

「臉色比早上好多了，有什麼想要我做的事嗎？」

「沒有。」

我立刻回答，目前沒什麼事需要勞煩姊姊。

「要我幫你擦汗嗎？」

「不用了，我剛才擦過。」

「不然，要我幫妳煮粥嗎？」

「哈哈，不必那麼勉強吧。」

「蛤？」

「對不起我太狂妄了。」

說來悲哀，我對姊姊料理的信賴度，已經突破零呈現負值了，我只能正視悲慘的現實，走向廚房給自己煮粥，姊姊還說「記得做我的份」，妳沒生病何必吃粥。

「有食慾嗎？」

「算是肚子餓吧。」

「睡眠慾呢？」

「睡了一整天，清醒得很。」

「性慾呢？」

「…………嗯？」

有必要問這個嗎？我無法隱藏動搖，慢著，這不過是姊姊在問診罷了。九重悠璃這個人，絕不會問沒意義的問題才對！

「欸，我問你性慾呢？說啊！」
「呃……」
「快點回答，性慾呢？」
「可、可能需要發洩吧。」
我無法忍受壓力，只好誠實以對。
「是嗎，等感冒好了再說吧。」
「是。」
我實在不敢詢問這問題的用意，只好老實回應。
「悠璃，對不起，給妳添麻煩了。」
「添麻煩……為什麼你總是——唉，有需要什麼就叫我吧。」
「嗯。」
我吃完便回到房間。剛才姊姊的表情看似有些寂寞，到底為什麼？

◆

我打開被我丟在一旁的手機，發現通知不斷冒出來，太失敗了，早知道就不要看。上頭滿滿都是硯川的名字，我自然而然將視線轉向吊飾。
她現在肯定很困擾，雖然等上學再給她也行，既然她這麼急也沒辦法，反正估計我現在也睡不著。

「我去趟便利商店。」

姊姊馬上就回應了我，如今感冒完全治好，硯川好像也能馬上出來。

我披上外套，出門朝目的地前進。

「雪兔！」

慢著、我現在渾身汗味，不要靠這麼近啊！硯川一見面，就直接將我緊緊抱住，拉都拉不開，沒想到她力氣這麼大，嗚奴奴奴奴……

「不好意思啊，放學了還找妳出來，雖然明天再說也行。」

「那種事沒關係！感冒還好嗎？」

「完全沒事了，現在閒得發慌。」

「要是雪兔有什麼萬一，我……」

硯川哭哭啼啼的——這實在不像是她會做的事。此刻，我猛然驚覺。

「難道，妳有來我家？」

「……對不起。」

「為什麼要道歉？妳跟悠璃吵架了？」

「不、不是！不是那樣的……都是我不對——」

原來悠璃趕走的人是硯川啊。

「不好意思啊，悠璃她就是個武鬥派，肚子一餓就變得毛毛躁躁的。」

「呵，講這種話，要是她生氣我可不管喔。」

我實在不習慣看她哭泣，弄得我頭隱隱作痛，我印象中的硯川總是在生氣，時時刻刻露出不滿的表情。

「硯川，把這醜熊拿回去吧。」

「——！謝、謝謝，是雪兔幫我找回來的？」

「誰叫回家社閒閒沒事做，這是很重要的東西吧？」

「謝、謝謝……不過，拜託你別再做這麼危險的事了——！」

我把醜醜的熊吊飾，簡稱醜熊交給她，還以為她會為我獨到的命名品味鼓掌喝采，竟然完全無視了，真是過分。

「我倒是沒想到，這東西原來有這麼珍貴。」

「哪有可能啊……它代表的是情誼——」

我完全不懂她話中之意，也沒打算問，反正把她珍惜的東西找回來了，我別無所求。

接下來一段時間，硯川靠著我哭個不停，T恤上滿是她的淚水。

「肚子好餓。」

「那、那你來我家吧！我準備點吃的。」

「這麼晚了，我隨便吃碗拉麵就回去了。」

都這時間了，就算送硯川回家，那個人應該也不會介意吧。

我今天休息了一整天，但硯川上學肯定累了，我不放心讓她一個人回去，況且她腳還在痛。

這麼說來，我們有多久沒像這樣獨處了？總覺得靜不下心，而且最近的硯川跟我所知的她完全是兩個人，她少了當時的毛躁，變得沉穩不少。

「對不起，還讓你送我回來。」

「腳沒事吧？」

「嗯，沒事……總覺得，有點懷念呢，以前我們也經常玩到晚上，最後回家還被罵。不過……我還不想回家。」

硯川站在自家玄關前，表現得依依不捨。

「幹麼，妳又有什麼煩惱嗎？沒事啦，那點腳味沒人會在意。」

我試著安慰她，但她的臉卻瞬間漲紅。

「什麼!?你怎麼還提這件事！」

「妳不是為了味道而煩惱嗎？」

「就說不是了！好——我生氣了，既然你這麼堅持就聞啊！」

硯川哼了一聲，將運動繃帶解開，把腳對著我。這時的她，有點像是我所認識的硯川。

「竟然叫人聞妳的味道，這樣的嗜好我實在難以恭維。」
「這才不是什麼嗜好好嗎！」
我拿她沒轍，只好靠近嗅了一下，沒錯，我就是個變態，這評價我就欣然接受吧。原來如此，這就是大地之母的芬芳嗎……我猛然回神，等等喔，這……
「我們到底在幹麼……？」
「嗚……還不是你害的！如、如何，不會臭對不對？」
「先不論這個，前陣子，有個占卜師從我面前走過，突然就哭了起來，還請我喝咖啡，那是怎麼回事？」
「不要岔開話題！雖然我也很在意你說的事，但是先維護我的名譽！」
「對對，這樣才像硯川嘛。」
「咦……？」
「我還以為妳上高中後變了個人呢。」
硯川忽然呆站在原地，她似乎慢慢理解我所說的意思，接著又低下頭，我還以為她又要罵我一頓，但似乎沒這回事。
「……噯，雪兔，我變了嗎？」
「妳不是討厭我嗎？」
「……我真正恨的是我自己。我真的很過分，無法直率表達自己，這樣子，根本只是傲慢，成天向別人撒嬌，最後還讓對方受傷。」

硯川以自嘲的口吻說出這段話，流露出心中懊悔。

「我想改變自己，打從那天起，我就不斷後悔。不把話說清楚，就只希望對方理解，這種行為太卑鄙了，若是不親自傳達、親口說出來，根本沒有意義。」

面對硯川的懊惱，我找不到任何話來回覆，只好沉默不語。

「謝謝你——幫我找回這個，我好高興。」

「妳剛才已經謝過了。」

「雪兔，你為什麼要幫我找回來？你不是一直避著我嗎？」

「我昨天也說了，我們又沒吵架，我只是見妳困擾，就順手幫忙罷了。」

不論她怎麼討厭我，都無法抹滅她曾經救了我的事實，我不過是為了償還這筆過大的人情，沒有其他用意。

「因為……我們是青梅竹馬？」

「跟那個沒關係。不過妳若是傷腦筋，需要幫助的話，不說出來我也不會明白，畢竟我已經不在妳身邊了。」

「那就待在我身邊……永遠待在我身邊啊！」

「那已經不是我的職責了——」

硯川伸手撫摸我的臉，她緩緩地，吐露出難言之語。

「我跟學長已經沒有在交往，我們一下子就分手了。」

「蛤？慢著，妳等等。一下子是多久？」

「我們只交往了兩週。」

「不、妳等等。這是怎麼回事，這樣我不就向大家傳遞了假新聞……這違反了我個人原則……還違反了個人資料保護法……」

欸欸欸欸真的假的!? 我怎麼第一次聽說！我完全沒發現，事實上，我的確完全沒在關注硯川的事了。

若是有個洞我真想鑽進去。

「是我的錯，是我沒有告訴你！不過，我受夠無法跟雪兔說話了，我們和好吧？就像當年那樣，變回要好的青梅竹馬！」

「不可能，我做不到。」

「為、為什麼？已經太遲？來不及了？還是你喜歡神代？」

「——不對，只是，我已經無法回想起當年喜歡妳的心情了。」

多麼甜蜜的誘惑，即便如此，我也不想回到從前。無論何時，往事總是苦澀的。我沒有任何想要回到的過去。

「我也一直喜歡著雪兔啊？從小時候就一直喜歡你！雪兔對我告白的時候，我真的好高興，我本來想馬上回覆你的！可是——」

硯川喜歡我？咦、幻聽？突如其來的告白，在我聽起來卻像是事不關己。這是怎樣，她傾盡全力說出的話語，令我內心一陣騷亂，妳剛才不是還說想變得直率嗎？

為何撒這種謊？為什麼要偽裝自己？

我的頭痛加劇，好像聽見東西碎裂的聲音。

哪可能有這麼美的事，我將思緒倏地拉了回來。

我們之間的關係，依然是在過去抉擇的延長線上。

「我沒想到妳會撒這種謊。」

「——你說……什麼……」

大家都說生病時會變得脆弱，或許就是指硯川現在的精神狀態。當疲勞達到顛峰時，便會變得憂鬱，甚至表現出平時所不會展露的膽怯，我感冒時話也變得很少，就連姊姊也說：「你生病時反而比較正常。」

我反覆咀嚼硯川的話，事到如今她為何要扯這種謊，叫人難以理解。所謂的兒時玩伴是一種相當稀有的關係，從旁人眼光來看，這層關係既特別又堅不可摧，所以才顯得更麻煩。先不論同性兒時玩伴，若換做是異性，其關係和距離感，都會形成與他人交往時的障礙。正因為如此，當年她才會把我們關係切割乾淨。

「變回以前那樣也只會重蹈覆轍。妳將來喜歡上別人時，我一定會成為妳的絆腳石。」

「不可能會發生這種事！」

這不光是針對硯川，對任何人來說都一樣，而我早已習慣了。

「還有，妳說妳一直喜歡著我？說這種謊有什麼好處？妳不是因為喜歡學長才跟他交往嗎？還是說妳根本不喜歡他，卻依然和他交往了？」

「——這⁉可是，我沒有說謊！這真的不是謊言——！」

硯川肯定在說謊，要是硯川真的從前就喜歡上我，為何要跟學長交往？為何當時不說清楚？那分明就是當時的我唯一的期望，是我夢寐以求的未來。

可是，最後那個未來如沙粒在我手中散落，一如往常，我沒能掌握任何東西。硯川喜歡學長，喜歡到剛開始交往就做了**那種事**，如今她卻說從前就喜歡我，這怎麼聽都只像謊言。就算她說的從前，指跟學長分手之後，那時我們也毫無交集了，根本不值得取信。

我們打從一開始就兩情相悅？絕對不可能。

我當時確實是失戀了，是被她甩掉的。

我到現在，依然能回想起硯川對我說的最後一句話：「騙子。」

她用憎恨的眼神怒視我，對我說出這麼一句話，便消失在我面前。

「不論妳要怎麼討厭我都無所謂，可是，我沒有對妳說過任何謊，只有這點希望妳能相信我。再見，我要回去了，妳快點跟燈織和好吧。」

我只能呆站在原地，目送他離去。縱使想追上去，雙腳卻不聽使喚，好像我上半身稍微前傾，整個人就會向前倒下。

我好像終於窺見了他的真心，雪兔說得非常正確，我為自己的罪孽深重感到無盡悲傷，卻又無可奈何。

在學校聽到巳芳同學的假設時，心臟好像被緊揪著。

雪兔因感冒沒來學校，說不定還身受重傷，我好害怕，我怕他就此消失在我面前，而造成這一切的正是我。我想像了最糟糕的結果，想否定卻做不到，內心就如同結凍一般。

我低頭望向手中，那是我最珍惜的情誼。但我無法觸及他的心，無法打動他分毫。

夏日祭典那天，我把他的手揮開。

當時的我開心過頭，完全沒注意到他的表情。雪兔也許感受到被我拒絕了，而我卻沒有告訴他事情的真相。

事到如今才察覺真相，甚至花了大把時間才終於理解。

他說得沒錯，主動牽手、告白的，一直都是他。那我到底做了什麼？我就像隻等待餵食的幼鳥，從他那邊收到了許多事物，不過我有給予他任何東西，或是告知自己的心意嗎？

他說得對，說謊的人是我。我撒的謊，讓我們倆不斷受苦，要澄清這個謊言分明就很簡單。

然而，我之所以會說謊，是害怕表達真心。

我的內心醜陋，只顧保身、測試他人，自己則躲在安全的地方傷害別人。如果我能夠誠實面對自己，或是別這麼急躁，或許就不會事至如此。

當時的我非常焦慮，雪兔很受女生歡迎，他自己沒有注意到，成熟達觀的他，對身邊的小孩來說就像是個大人。

最重要的，是他非常溫柔，這樣的人不可能沒女人緣，偶爾會做出的奇怪言行，反而讓大家對他目不轉睛。我知道，有其他童年玩伴喜歡上他的反差魅力，而她們之所以沒向雪兔表白，是因為有我在，因此，我才會做出那種行為。

我差勁透頂、內心醜陋、嫉妒纏身且汙穢不堪。

當我和學長交往的謠言一傳開，馬上就有其他女生接近雪兔，其中一人就是神代汐里。

但那時，雪兔將一切都投注在社團上。他全心全意練習，沒空顧及他人，把注意力都集中在籃球上。

而我，卻被自己撒的謊所束縛，無法動彈，甚至難以出聲，名為現實的棘刺，將我緊緊纏住。惡意在心中不斷增幅，導致了無可挽回的結果。

最後我口中說出的，並非一切的真相，而是痛罵雪兔是「騙子」。

『我啊，永遠都會站在小雪這邊！』

『那我，只要小燈有困難就會去幫妳。』

我們兒時定下的約定，不是「將來要結婚」那般浪漫的事。即便如此，這段寶貴的回憶，依然深埋在我心中。或許他根本不記得了，但當時的我卻無法諒解，你不是說好要幫助我嗎？可是在你身邊的，卻不是飽受折磨的我，而是其他女生。我對這樣的結果，感到無比難過。

我緊握手中的吊飾。其實我都知道，他沒有說謊，就如同今天，他又幫助了我。說謊又沒尋求幫助的，都是背叛他的我。

當時也是，只要老實向他求助，他肯定會立刻幫我解決，因為雪兔就是個如此堅強的人。

我想改變，我必須要改變自己，只要誠實面對，就不會演變成這麼恐怖的結果。我只能默默承受家人的輕蔑、厭惡、怒罵，仰慕雪兔的妹妹，至今都還不肯原諒我。

我是那麼地喜歡他，卻沒有將這份心意，化作語言傳達給他。當我終於能說出口時，一切都太遲了，他已對我失去好感。

如今玻璃鞋徹底粉碎，出手相助的魔法師，把我送往城堡的南瓜馬車，都已不復存在。

可是，仍隱隱作痛的腳上，還留有他從未拋棄我的溫柔。

這次輪到我主動追求他了，我要讓他再次喜歡上我。

我不想再只顧著等待，不想再當個成天作夢的公主。

我絕對不要放棄！

我無法放棄，更不想放棄。

將自己醜陋的真心開誠布公，肯定會被他討厭，我才遲遲不敢說出口。

我沒有勇氣、沒有覺悟，最後，被斷罪為騙子。即使如此我還是得說出口，必須主動踏出這一步。

現在我終於清醒了，那怕已經太遲，我依然要——

要從頭來過，就必須得先從被雪兔討厭開始，我要承認自己內心的醜惡，若是不承認便無法回到過去。

不對，不是要回去，這次我必須向前邁進！

「對不起……」

這是我最後一次道歉了。

我要被他討厭，然後從零開始。

這一次，才是我硯川燈凪真正的戀愛——

第四章「真心與猜忌」

隔天，完全恢復的我出門上學，卻在公寓入口被姊姊叫住。我們就讀同所高中，但並沒有一起上學，要說原因的話，是姊姊早上爬不起床，幾乎都是我早一步出門。

怪了，她找我做什麼？

「嗯。」

正當我抱持疑問時，姊姊將一隻手伸向我。

哦——原來如此，是要求看護費啊？

昨天她為我這下人買了不少東西，勞煩姊姊也讓我過意不去，我從錢包取出千元鈔放在姊姊手上。

「蛤？」

「對不起，我開玩笑的。」

我想也是，千圓怎麼夠啊！於是我換成了五千圓鈔。

「你是在耍我嗎？」

糟糕——！姊姊緊皺眉頭，看來是不小心惹怒她了。女生跟男生不同，凡事都得花錢，請她幫忙看護，肯定不是個小數目，我急忙從錢包取出一萬圓鈔，沒想到姊姊的怒火卻猛然上升。

「這、這樣應該能饒過我吧？」

我將錢包雙手奉上。誰叫我九重雪兔，是個從未經歷過叛逆期的男人，姊姊要多少錢照給就是了，反正我平時就花不了多少錢，沒了錢包也無所謂。

說到底，像我這種只會惹事的垃圾，光是能正常上學就謝天謝地了，所以絕不違逆家人，就成了我的原則。

「我有說過要錢了嗎？」

「……那我該給妳奉上什麼東西才行？」

「為什麼是以我向你要求東西為前提？」

「請恕弟弟我愚鈍。」

我這種人，哪有辦法跟上姊姊深謀遠慮的思路，我會努力精進的。

「你病才剛好，我有點擔心，我牽著你的手上學吧。」

「您發狂啦？」

當我讀幼稚園？我完全沒想到她會這樣答覆。都上了高中，還要跟姊姊手牽手上學，這肯定會鬧出其他問題。姊姊是校內知名的美女，這麼做可能會引來不必要的揣測，但最最重要的是，跟姊姊牽手實在有夠丟臉。

況且做了這種事，說不定又會像那時一樣——

「——我做不到……」

「還是無法相信我？」

「不是這樣。」

我不能因為姊姊人好就向她撒嬌，她明明討厭我，還如此在乎我的健康，光是這樣就足夠了，我無法奢求更多。

既然身體完全恢復，那就啟程上學吧。

但我卻不知道，前方等待我的只有悲傷。

「為什麼事情會變成這樣……」

「沒想到你一來就引發話題啊，花花大少。」

才剛進教室就被爽朗型男嘲弄。大病初癒的我，實在承受不住大清早就引發這樣的騷動。姊姊這人就是死心眼，見我打死不願意牽她的手，就乾脆強行抱住我的手臂。不論我怎麼掙扎，她就是死抓住不放，多虧她，害我一早就得像對恩愛的笨情侶般走到學校。

想當然，馬上就引起軒然大波，校內謠言四起。真要說這件事對我有什麼好處，那就是殘留在手臂上的柔軟觸感，只可惜還是疲勞更勝一籌，根本不划算。我慵懶地上完第一堂課，就被不認識的學長給叫到走廊。

「不好意思叫你出來。我是二年級的水口。你，真的是悠璃同學的弟弟？」

「我跟姊姊長得不像。」

「大家一早還吵著她終於交到男朋友了，害我嚇死。到底怎麼了？」

「我感冒了，姊姊只是擔心我的身體。」

「感冒沒事了？」

「是，昨天有好好休息，現在很有精神，不過又被早上的事搞累了。」

「哈哈，畢竟她很受歡迎嘛。她也真是愛操心啊，雖然重視家人是件好事，但對你來說倒是場災難。」

「我也被姊姊的怪異行為嚇到了。」

「沒剩多少休息時間，我就開門見山說了，我想拜託你幫個忙，可以嗎？」

「是打算跟姊姊告白嗎？」

光是有人找我問姊姊的事，大概就只剩下這個可能性了。悠璃跟媽媽一樣是個美女，國中時也經常有人跑來問我：「你姊姊有男朋友嗎？」。話雖如此，但我們平時幾乎沒有交流，我根本不清楚她的私生活，感覺她就算有男朋友也不意外。

「雖然要求這種事有點丟臉，能拜託你幫我找悠璃同學出來嗎？」

「有必要找我幫忙嗎？」

「你可能不知道，她從來不回應這類事情。即使寄了情書，她也是看都不看就丟掉，這還挺有名的。」

「這麼惡劣的女人是誰啊，啊、是我姊。」

「話是這麼說啦，但就是迷上了也沒輒，如果是告白被拒也就算了，連告白的機會都沒有不是很討厭嗎？」

即使是親姊姊，我也必須說這態度實在太差，不過她依舊有這麼多人追，只能說這或許是世上不變的真理。我端詳了眼前的水口學長，看起來不太粗魯，說話態度也很隨和，印象還算不錯。雖不知道結果如何，但畢竟我剛給姊姊添了麻煩，偶爾還是得回報一下。

我這做弟弟的，就當一次邱比特，支援姊姊的戀愛吧！

「我知道了，請交給我吧！」

「你願意幫忙啊少年！」

「我們只差一歲好不好。」

「你也配合一下嘛。」

水口學長看似就是個普通的好人。

「——咿啊！」

「悠璃，妳剛才是不是發出怪聲？」

「住口。」

「妳今天怎麼怪怪的……？」

我朋友聰美用著不可思議的眼神看著我，但我現在沒空理她。我細細確認手機螢幕，沒錯，這是我弟傳的訊息。

是發錯了？我腦中閃過這樣的念頭，但訊息上寫著「我有重要的事要找悠璃談」，這樣的句子，不可能是發給我以外的人。實在難以置信，那孩子幾乎沒傳過訊息給我，幾乎是有必要才會主動聯絡，這樣的內容我也是第一次看到。

「……怎麼辦，我今天沒化妝。」

「妳哪天不是這樣。真難得見到妳如此動搖，還有今天早上的事，到底怎麼啦？」

「以後大家就見怪不怪了，不過這到底是……」

「欸，什麼意思？難道妳打算每天早上都抱著弟弟上學？」

「我確實是這麼想——慢著，難不成，早上的那個是『姊姊活』!?」

我驀然驚覺，為何一早，弟弟就要給我錢。

在這世上，有所謂的「爸爸活」。意指男性送錢給女人花，帶她們去吃飯之類的行為，難道說弟弟想找我做「姊姊活」？聽說金額會隨所做的行為有所波動，但不清楚行情的我，根本難以理解。這麼說來弟弟他一開始是拿出千圓，最後把整個錢包都奉上，我好在意，他想用那筆錢要求我做些什麼。

他到底希望我為他做什麼，慘了，不該把那件事隨便帶過的！

我實在坐立難安，於是取出化妝包直奔洗手間。我還是第一次被弟弟找出去，雖然不知道要做些什麼，但我必須一心一意迎接這項挑戰。我壓抑著躍動的心情，等待放學來臨。

「雪兔，你在哪!?」

逃生梯一如往常地寧靜，我四處張望，卻找不到弟弟的身影。

「妳來啦，謝謝妳悠璃同學。」

好像有人在喊我的名字，但我可沒空管那種小事，他還沒下課嗎？要聯絡他也行，但這麼難得，有點想在這等他。只可惜眼前出現一個不認識的男人，實在叫人不悅。

「我有事想跟妳說。」

「你誰？」

「我是隔壁班的水口恭一，之前我們曾一起做過美化委員，妳不記得了嗎？」

「不認識，我很忙的，如果沒事能閃邊去嗎？」

「等、等一下！是我找悠璃同學出來的，我拜託妳弟弟幫忙。」

「蛤？」

聽到這句話，我才終於對眼前的水口產生興趣。

——剛才，這傢伙說什麼？拜託我弟？

「我喜歡妳，請妳跟我交往！」

「你叫水口是吧？你利用了我弟？」

「不、不是這樣的。我只是請他幫忙，不然我怕妳不肯來……」

「你開什麼玩笑！不要把我弟扯進這種無聊事！」

「我只是想向妳告白——」

「那你不會當面跟我說嗎！竟然把我找來這種地方，你威脅我弟？」

「我怎麼可能會威脅他！」

「誰知道，真是夠了！」

我無視水口掉頭就走，我得趕快回去，天曉得他對弟弟做了什麼。此刻被告白的事，已從我腦中消散了。

「呃……妳的回覆呢？」

現場只剩水口一人直愣愣地站著。

姊姊的戀情不知是否順利，嗯嗯，心情真不賴，以後就把一日一善當作目標吧！畢竟這可是釋迦牟尼說過的話，應該是他說的吧。雖然這話是出自於佛教，但我們家其實沒有特別信仰。

門外聽到慌張的腳步聲，正好停在我房門前，接著沒聽到敲門聲，門就被用力打開，脫去制服換上小背心的悠璃，直挺挺地站在我房間。哦，看來是告白成功了？

「悠璃，歡迎回來。」

「那個叫水口的男人，沒對你做什麼事吧⁉」

「哈？學長只有拜託我找悠璃出來啊。」

「太好了……」

「這下學長和妳終於成為情侶了對吧？」
「我才不管那種會利用你的人。」
姊姊露出實在不方便讓外人瞧見的唾棄表情，看來是真心討厭對方，水口學長，你到底做了什麼啊⁉接著不知為何，姊姊坐在我身旁。
「我覺得學長人還不錯啊。」
「蛤？那又怎樣？所以就要我跟他交往嗎？」
「欸欸……」
我絕不是那個意思，別用那麼恐怖的眼神瞪過來，我只好三緘其口。
「如果，你有什麼想要我做的事，不需要付錢知道嗎？」
「謝謝？嗯、嗯嗯？」
想做的事是指什麼？姊姊臉頰微微泛紅，不用付錢？這麼說來，早上好像有過類似的互動。嗯嗯，她是想說我錢包那點零頭根本不夠吧，姊姊說不定有想要買的東西。這下我只好全力協助了！
「不然要我動用存款嗎？」
「存款⁉你想要我做的事，有迫切到這種程度嗎？」
「反正我平常都不太花錢。」
「就算是這樣，做這種事也太不健全了！我明白了，我也會下定決心，不管要做什麼事我都奉陪，不過不需要錢，你隨時都能跟我說。」

「這、這樣啊，謝謝？」

「不用謝，這是我自己想做的。」

姊姊的面容一反常態充滿慈愛，接著她心滿意足地離開房間，簡直來去都像風暴似的，雖然直到最後我都不太明白她在說什麼。

……不健全是指什麼事？

◇

「雪兔，我們來比接下來的一千五百公尺長跑吧！」

天氣真好，而巳芳的爽朗表情，也不輸給這萬里無雲的晴空。

「既然要比不如比坐姿體前彎吧。」

「不懂你為何要比這個，比賽身體柔軟度有什麼好玩的？」

操場上擠滿了學生，今天學校舉行了體適能測驗，目前已經測完幾個項目了。

我個人最在意的握力，幾乎完全恢復。

看著一旁兩眼發亮的爽朗型男，我只感到悲哀，為啥我必須得應付這個十項全能的運動王子。我不過就是稍微會打點籃球，其他運動並沒有特別強，就算比跑步，姑且不論長跑，短跑我根本拚不過爽朗型男，他明知道這點還故意選比中距離跑，實在有夠陰險。正當我打算回嘴消遣他時，忽然聽到女生那邊傳來歡呼，似乎在幫某人加油。

「是神代啊，真厲害。」

爽朗型男讚嘆道，而我也將視線轉向該處。

眾人團團圍繞神代汐里，似乎是因為立定跳遠跳出了好成績。

「她本來就體能妖怪，沒啥好驚訝的。」

「明明這麼擅長運動，還不參加社團實在是浪費。」

「說得也是……嗯？」

神代那充滿朝氣的笑容實在非常耀眼。

不過，我卻從中感受到一絲不對勁。

「啊、喂！雪兔你要去哪？」

我大刺刺地走進女生群裡。

見到我這不速之客，女生停止了歡聲，感到訝異不已。

「九重仔，怎麼了嗎？」

「阿雪？你怎麼跑來了……」

「我看妳身體好像不太舒服，沒事吧？」

只要和神代親近的人一眼就能看出來，神代的動作不太順暢。即使如此還能破紀錄固然厲害，但能力點全配在身體能力的神代，使出全力肯定能有更好的表現。

「欸？啊……嗯。我、我沒事啦，你看，我這麼有精神呢！」

我怎麼看都是裝出來了，不過此時我回想起。

「對喔，**說起來妳最擅長說謊了**。」

「──!?」

「不好意思打擾了。」

我自知這樣的說法很卑鄙，或許是白費力氣了。

真不該主動關心的，仔細想想，像我這種邊緣人，就應該乖乖貼在地板上喝泥水過活，就算被我關心搭話只會嫌煩，還害大家掃了興。

「等、等一下！對不起阿雪，我說謊了！」

當我正要回去，神代便倉皇失色地拉住我。

她看起來臉色發青，越來越像是身體不適。

「其實，我只是忘了吃早餐而已，因為真的不是什麼大不了的事……」

「別說了。」

「我只是不想讓你擔心而已！我不會再有所隱瞞了──」

「妳睡過頭了？」

「今天早上慌慌張張就出門了……昨晚也只有吃泡麵……」

「我們正值發育期耶，妳搞什麼啊。」

「……抱歉，竟然讓你擔心，我真是糟糕。」

「三圍多少？」

「……咦？上次測的時候是九十——慢著，阿雪？你根本是故意的吧！這、這種事，你應該偷偷來問……」

啊，原來她真的肯告訴我啊，我不過是趁亂偷問一下而已……

「汐里里，妳真的身體不舒服喔!?」

「嗯、嗯……還不至於到無法運動，但是不太舒服。」

「我們完全沒發現。對不起喔，神代同學，我們還圍著妳大吵大鬧的。」

「這是我自己的錯，我也沒有打算隱瞞，只是覺得應該沒事……」

面對周圍同學的關心，神代謝罪表示歉意。

只要知道不是生病就好了。肚子餓就使不上力，確實很有神代這個大胃王的風格，看她的樣子，剩下的測驗應該也不會有問題。

「對了，九重同學。你是怎麼知道神代她身體不舒服的？」

「就是啊，我們完全看不出來。」

櫻井她們聚集過來，為將來以防萬一而向我請教。

不愧是嗨咖們，還會主動關心朋友的身體狀況。我指著神代的馬尾說：

「神代高興、心情好或是精力過剩的時候，馬尾會用力甩動。妳們看，現在整個垂下來。」

「這麼說來的確是……」

「我的馬尾哪有像狗尾巴一樣的功能啊!?」

在場所有人，就連我也忍不住眉頭一皺。
「咦？欸……怎、怎麼了？我說了什麼奇怪的話嗎？」
「唉……真是夠了。」
真是的，妳不懂，妳真的不懂啊神代。
「聽好了，大家這表情是在忍耐不要吐槽妳『那不是狗尾而是馬尾吧』。」
「這樣是我錯了嗎⁉」
「妳身體不舒服還吐槽浪費卡路里做什麼。」
「總覺得這待遇有夠不合理的……」
神代雖然嘔氣，但她最大的優點就是不會記仇。
「其實不過是觀察得知的，妳們跟她熟了自然就會明白，哪像我，連沒察覺到悠璃前髮稍微剪短，都會因不敬罪受罰。」
誰叫悠璃這麼易怒，每當她問起「你沒有什麼想說的嗎？」，我都必須使盡全力玩起大家來找碴，能有此等觀察力，也算是悠璃給我修行的成果吧。
「別太勉強自己啊。」
「嗯，對不起，讓你操心了。」
事情總算圓滿結束，其他人也不再圍著她大吵大鬧。
只不過，神代勉強自己的行事風格，讓我感到些許不安。

「我感到十分憂心。」

放學後，我們被叫到導師辦公室。小百合老師愁眉苦臉坐在我們面前。

「老師，妳氣噗噗？」

「是啊，氣噗噗。」

「…………」

「…………」

現場蔓延著尷尬的死寂。

「如果會害羞，那別回不就得了。」

「還不是因為你這樣問！」

我在心中默默向老師道歉。

「算了，直接進入正題，你們幾個為什麼不參加社團？」

我、光喜、神代三人，因這意想不到的問題面面相覷。

「還為什麼，邊緣人參加回家社不是常識嗎？」

「在我來看，你根本不算是個邊緣人啊，九重。」

「欸，真假？」

「嗯，真的。」

「我前陣子才跟釋迦堂起誓要當一輩子的邊緣朋友耶……」

「阿雪你什麼時候跟暗夜變朋友的!?」

「竟然能跟她當朋友，你可真行啊。總之你跟釋迦堂好好相處吧。」

釋迦堂是最喜歡爬蟲類的陰沉女生。她因為可愛的外表，被班上同學當作吉祥物一般寵愛。

「我純粹是跟雪兔選同個社團。」

「我也是想跟雪兔在同個社團當經理……」

「你們別全怪到我身上！」

小百合老師傻眼地指著我。

「你們兩個，是被這問題兒童威脅了嗎？」

「這話也說得太過分了吧？」

「是你自作自受。剛才田徑社的指導老師，跑來我這問你們三人的事。我說你們是回家社，他說之後會來拉你們入社，你們好好考慮。」

「都怪你沒事比什麼賽跑。」

我在光喜慫恿下，一不小心在一千五百公尺跑步跑出了好成績，真是失敗。但我有什麼辦法，誰叫這爽朗型男跑得有夠快。

「怎麼辦，雪兔，你要加入田徑社嗎？」

「我不就說過我要待回家社了，你們就隨意吧。」

「那我也算了。」

「老師，這傢伙有病，而且臉也好閃。」

「不懂你說的臉好閃是什麼意思，神代呢？妳好像在體適能創下了驚人的紀錄，應該有不少社團會來邀妳。」

「我、我現在也不太想參加社團……」

神代將視線瞥向我，神情充滿歉意。

「真是的。雖然不知道你們到底是怎樣的連帶關係，不過人生可沒多少機會揮灑青春，別讓自己後悔啊。」

「沒問題的，老師也還正值青春年華！」

「你喔，為什麼每次都要給我多嘴？」

又害小百合老師生氣了，我明明是想給老師幫腔的，真不該多此一舉。

這時的我並沒有多想，但一切已悄悄地開始變化了。

◇

「你就是傳說中的九重啊。」

隔天，我一到校就被三年級學姊們纏上。

「最能活用她身高的非排球莫屬，你應該懂吧？」

「莫非我轉生到美少女遊戲的世界了？」

「醒醒，這是現實啊？」

「如果是現實，我可真無法理解發生什麼事。」

這就是所謂的美人計嗎？正當我這麼想，她們便直接表明來意。

「神代同學說，只要你答應，她就會加入我們社團對吧？」

「又不是大聯盟的代理人制度!?」

「妳們別圍著他，把他交出來。」

把我從困境救出的，是一名高年級學長。

「謝謝你，幫了大忙。」

「沒什麼，不用客氣。只要說服你就能連帶讓巳芳一起加入，我們田徑社當然得認真起來。」

「完了，這邊的也是敵人。」

「我們已經邀請過巳芳了，他說只要你入社他就加入。」

「那臉上裝太陽能面板的渾蛋！」

「慢著，是我們先邀請他的耶？」

「邀請有前途的新人誰還跟妳分先來後到的？」

「哼——既然如此，我們這邊也不擇手段了。」

學長姊們開始較勁，此時又冒出了其他人。

「糟糕，被搶先了！慢著，這兩人就由我們足球社收下了。」

「你要不要跟我們一起靠雙打進軍全國？」

「別管他們了，來打棒球吧！」

到底有多少人啊！別給我搞人海戰術！

「處處人才短缺，這也是少子化的弊端嗎……那麼，我先走一步了！」

我趁著鐘聲響起，一直線逃進了教室。這所學校到底是怎樣？

「為什麼你一早就這麼累啊？」

一到教室，一切的元凶，顏面LED混帳便向我搭話。

「你信不信我拿你的臉焊接。」

我跟巳芳說明早上發生的事，卻莫名引來他的爆笑。

「抱歉，阿雪。我沒想到事情會變這樣……」

坐在隔壁的神代聽到便向我謝罪，不過就她的情況，我實在無法發自內心生氣。

「這不會持續好一陣子吧……」

不是我自豪，我的預感十分準，不過準的都是壞事。

◆

「差不多是時候換座位了，大家趁這機會跟同學搞好關係啊。」

小百合老師的發言讓班上同學躁動不已，這對任何人而言，都是十分重大的活動。

同學們一個個上臺抽籤，對我來說結果實在難以言喻。沒有如故事主角一般抽到窗邊座位，就是一個靠中的普通位子，而鄰座是櫻井和峯田。

「哎呀，好耶！九重仔多指教～」

「是小田田坐我旁邊喔——這結果真的超瞎耶，晚點拿個飲料KP（kanpai）如何——」

「呃，抱歉，九重仔不需要硬講些辣妹用語沒關係喔……？」

「是嗎？我還以為要跟辣妹溝通必須得這樣搞，看來是我誤會了。」

「你是不是把辣妹當作什麼珍奇異獸？」

「珍奇異獸應該是我吧，啊哈哈哈哈哈。」

「啊哈哈哈哈哈——慢著，我可沒有這麼想喔!?」

「九重同學，黑色幽默玩得太過頭就不好笑了喔？」

「我沒有在講笑話啊？」

「所以你是真心這麼想喔……」

不知為何爽朗型男坐在我後面，而他隔壁是高橋。

「我也終於能加入你們的圈圈了，多指教啦！」

「不好意思，我們只收邊緣人。」

「這裡面哪有邊緣人啊……」高橋碎念道。

說到底的，我怎麼不記得自己一個邊緣人，在哪時候組了小圈圈……

當所有人搬到新座位，小百合老師便開口說：

「大家不要太浮躁啊，快要考試了，記得好好念書。多虧回家社的三個傻蛋，我在辦公室已經夠沒地位了，運動社團的顧問還成天來對我碎碎念，拜託稍微為我著想一下。」

「釋迦堂，妳可別給老師添麻煩啊。」

「噫咿……原、原來是我害的嗎……老師，對不起……」

「說你啦九重雪兔！不要推卸給釋迦堂！」

「!?」

「拜託你不要這麼震驚好不好。總之，補考實在太麻煩了，大家盡力念書，別考不及格啊。」

我目送小百合老師離開教室後，便向後方閃閃發亮的男人打探。

「傻蛋二號，你考試還行嗎？」

「還沒考過不清楚，但應該不成問題吧？傻蛋一號呢？」

「為什麼我是一號，我敢給姊姊丟臉就死定了。」

「你可真辛苦啊……」

「阿、阿雪！」

一個熟面孔站在我座位旁，露出非常難堪的表情。

「你能……教我念書嗎？」

傻蛋三號，神代汐里非常不擅長念書。

「呃——今天呢，因應三號的要求，我們決定召開讀書會。」

「我是助手二號。」

周遭傳來了掌聲，為什麼大家只對他鼓掌？

「三號，這是什麼狀況？」

「那個……我跟大家提了讀書會的事，結果她們也想參加……」

一臉難為情的神代身後站了一大票人，這女生也太有人望了。

「九重仔，我們也要參加喲，啊、那我就是四號囉，香奈奈是五號喔。」

「這麼難聽的稱呼我才不要！況且這有必要編號嗎？」

「欸、那我就是六號？要是考不及格顧問肯定會大發雷霆。」

「噫咿……我、我是七號。其實我考試，從沒考過六十分以上……」

「我是八號。」

「硯川妳開什麼玩笑，妳應該是七號才對啊。抱歉啦釋迦堂，這號碼讓給她。」

「你這什麼神祕堅持啊!?號碼什麼的怎樣都無所謂啦！快點開始念書吧。」

放學後，一群人留在教室裡念書，閒人也太多了吧。

「我老實不騙地說，這題一定會考，大家記好了。」

「什麼？」

在場所有人呆呆地看著我。

「為、為什麼九重仔知道一定會考？」

「因為這題連續出了四年，今年八成也會考。」

去年考過的題目今年不一定會出，大家或許會這麼想，但實際上這麼做的可能性相當低。畢竟決定好考試範圍後，考題就只會從中萃取。

每年都會考，就表示這部分有多重要，學校考試只是為了確認大家對課程的理解程度，通常不會搞些異想天開的考題。所謂的考古題，也包含了洞悉出題用意的睿智在內。

「我從悠璃那邊拿了去年的考題，本來得收錢的，這次特別大公開。」

前陣子悠璃跑來對我說：「快考試了，這給你。」然後就把考古題交給我了。

她這麼做肯定是為了不讓我這做弟弟的丟臉，我姊根本是天使。

我根據這些考古題調查出題傾向，終於掌握了每年必出的考題。

「嗚哦哦——九重你太強了吧！謝啦！」

「噫咿……根本是神……」

「你們以後見到悠璃記得好好膜拜她，絕對不可怠慢了。」

我再三強調了姊姊的偉大，信徒們，崇拜悠璃大人吧！

「好了，接下來我要講解，各個老師在考前做了哪些行為，代表著那一題會出——」

「阿雪老師！我、我覺得這樣根本不是開讀書會！」

不知為何三號……還是叫本名吧，神代竟提出了抗議。

老師考前都會在上課給學生暗示，看穿這些小動作，也是攻略考試的重要環節，可是對神代而言似乎並非如此。

「……………呃，有什麼問題？」

「那、那個，所謂的讀書會，應該是大家互相教導彼此不懂的題目——這樣才對吧？」

哦——原來是這樣啊。我仰望著天花板，細細思索了這句話，而天花板一成不變。

「……………………可是我又沒有不懂的問題。」

「說這麼直接!?」

「嗚哇——香奈奈，人家討厭九重仔啦——！」

「好啦美紀，好乖好乖。」

「這麼說也對啊，雪兔。」

我的助手爽朗型男也表達了相同意見……他什麼時候變助手了？

「嗚哇——香奈奈，人家也討厭巳巳啦——！」

「好啦美紀，好乖好乖。」

「巳芳同學你被阿雪洗腦了嗎!?不能這樣啦！」

「對、對喔，說得也是。我竟然不知不覺受到他的影響……」

這個爽朗型男怎麼整天倒戈。

「嗚哇——伊莉莎白，人家討厭爽朗型男啦——！」
「呃……我、我不會給你拍拍喔？就算這樣看著我也沒用喔？」
「到頭來，我們依然是死對頭啊。」
「我們什麼時候變死對頭了⁉」
我和嗨咖伊莉莎白依舊是水火不容的天敵。
「唉，早知道會變這樣了，別再做蠢事了，趕快開始念書吧。」
硯川終於忍不住跳出來主持，這麼說來七號確實成績優秀。
「硯川同學，能教我這題嗎？」
「啊、嗯，這題啊——」
硯川老師非常優秀，也很擅長教人。只不過神代對她敬而遠之，只會找我或助手求救，我忍不住偷偷問伊莉莎白。
「櫻……伊莉莎白，這兩個人感情不好嗎？」
「怎麼會是九重同學來問這種問題⁉還有你剛才明明就想喊櫻井對吧？為什麼要改口？」
「九重仔，你這樣很瞎耶，那兩人可是勁敵呢。」
「原來如此，就跟我和櫻……伊莉莎白的關係類似是吧。」
「你故意的吧？嗳，你根本故意的對不對？」
最終讀書會平安落幕。

為何我會和神代一起回家，理由是被跟蹤，被害者是我。
我們走到公園，在灰色球場上練習射籃。
好久沒碰球了，這觸感真叫人懷念。
我嘗試緊握拳好幾次，果然還是感到些許不對勁。
「也沒差就是了……」
反正我對籃球也沒眷戀了，只是怕不運動身體會生疏。
雖然我每天都會慢跑跟健身，不過像這樣放空腦袋射籃，似乎能夠放鬆心情，還能仔細整理思緒，有氧運動好厲害啊。
「阿雪，我暖好身了！」
「沒想到妳真的跟來了……」
「我可是很期待呢！」
見神代幹勁十足，我又感到更困擾了，看看她滿面的笑容。
最近總是做些不習慣的頭腦勞動，我不過是想抒發一下壓力而已。
確實以前我們有聊過類似話題，但我當時應該是回答「有空再說」吧？這句話真正的意思是我都沒空才對。況且今天我只是來抒發壓力而已，神代應該不需要來陪我吧。正當我獨自苦惱時，忽然有人向我出聲。

「哦，這不是雪兔嗎，好久不見了！」

「百真學長？」

後方有人叫我，回頭一看幾個人站在那，全都是我認識的。

被我稱為百真學長的人物，並不是我在學校的學長，他隸屬的街頭籃球隊，經常在這球場練習，是個正在念大學的大哥哥。國中時期，我在外頭練習時認識了他，後來也經常在一起打球。

「你上高中也參加籃球社？」

「不，我是邊緣人所以參加回家社，高中入學後也很少來這了。」

「這樣啊，畢竟現在這時期正忙嘛，你今天應該有空吧？一起打球吧！」

「好啊，請多指教。」

「那邊的可愛女生是你女朋友？」

「女、女朋友……我們不是那種……」

「哦，她看起來對你挺有意思的嘛？」

神代雙手遮住臉，把頭甩來甩去的，好了，這下我該怎麼回答呢？

這樣神代太可憐了，竟被誤會成我這種人的女朋友。這時候，回答她是同學應該是最簡單的答案，不過，我這人就是會不小心說出幹話。笨蛋笨蛋～我這個笨蛋！

「神代是狗。」

「阿雪你在說什麼啊!?」

「你小小年紀就學會了如此重口味的玩法啊……」
「不、不是那樣的！那個是阿雪他硬是……不對，真的不是那個意思——」
「沒錯，學長你看，她沒有項圈對吧，是隻野狗才對。」
「為什麼要火上加油!?我、我可是有神代家的血統證明書喔！」
血統證明哩，妳真把自己當狗喔！
「她是我同學啦。」
「你還是老樣子呢。」
眼前的百真學長忍住笑意，而神代則對我嚴重抗議，總之真對不起。
「真是的！我、我是神代汐里。我以前也打過籃球，今天是想跟阿雪一起運動才來的……」
「嘿——這樣啊！既然都來了，神代要和我們一起打嗎？我們經常用這球場練習，跟雪兔是打街籃認識的。」
「原來是這樣啊，那麼請多指教！」
「好耶！有女生在練習意願就更高了。我們分成兩隊，先輕鬆打一場吧。雪兔跟神代加入那一隊吧。」
「瞭解。」
「好的！」
好久沒和別人打籃球了，說實話有點興奮，好像連自己都快忘記這種感覺了。跟體育課和社團練習不同，純粹為享受樂趣而打球。

這種感受是「喜悅」，我為自己還留有這樣的感情感到開心。

「好累——唉，體力變好差……」

「別讓身體著涼喔，對，慢慢伸展維持十秒。」

「好痛痛痛痛痛，阿雪你對這種事，真的很一板一眼耶。」

「誰叫我這麼容易受傷，當然要注意保養啊。」

「……抱歉。」

「我這話不是在諷刺啦。」

和百真學長打球確實讓我轉換心情，我們全力運動了一小時，弄得渾身是汗。解散之後，我們倆留在球場收操，讓肌肉漸漸舒緩下來。

「阿雪要直接回家？」

「我的身體渴求糖分，先去買個可麗餅。」

「可麗餅？我也要去！」

我們等汗停後，走了十分鐘來到鬧區，馬上就找到目標店家。我總是避免在飯前吃零食，但腦內分泌的食慾素告訴我，甜食塞的是另一個胃。

我點了巧克力焦糖口味，再加上香蕉跟冰淇淋等配料，組成了豪華美味的可麗餅。我滿心雀躍地大口咬下可樂餅，但身旁的神代卻不知為何面紅耳赤。

「這、這樣好像在約會喔。」

「哪來這種渾身汗臭的約會。」

最重要的，是我根本沒約會過，也不知道實際內容會是怎樣。說不定世上還真有弄得滿身汗的情侶約會，只是我想像力太過貧乏罷了，這就是邊緣人的極限，況且我也到了開始在意腋下汗味的年紀了。

我們吃著可樂餅踏上歸途，神代似是流連忘返，刻意放慢走路步調。而我也不好丟下她一個人先走，只能順勢降低走路速度。

「我都不知道阿雪還有那樣的朋友。」

「妳想說邊緣人交什麼朋友是吧，咿嘻嘻嘻嘻。」

「你表情這麼認真看起來完全沒有笑意好不好！」

「不過嘛，畢竟任誰都無法完全理解其他人啊。」

「說得……也對，不過，我想更加認識阿雪！今天能與你在一起，真的好開心，就像是回到國中時期一樣。」

「我也好久沒玩得這麼開心了。」

我毫無修飾的真心話，神代聽了大吃一驚。

「那、那麼，我們再一起打籃球吧！這次由我做阿雪的經理！」

我或多或少猜到她想講這句話，也能理解神代為何會如此執著。不過，這一切沒有任何意義，這樣的關係只會讓神代不幸。

「神代，會變成那樣是我自己造成的，結果妳沒受傷，那樣就夠了。這話我說過無數次了，妳不用放在心上。」

「不是那樣，這只是我的任性。我想看阿雪打球，想看你在球場上奔馳，想看你投球的身影，只是這樣而已。」

「要我說多少次都行，我沒有熱情了，也沒有想達成的目標。」

「那麼，如果阿雪找到目標，你會繼續打球？」

「那種事等找到後再說吧，回家社這麼舒適，我都快習慣怠惰了。」

「我也是，過去整天都跑社團，確實有種解放感。」

「學長姊們雖然煩，但也不難理解他們想拉妳入社的心情。」

神代和我不同，有許多人需要她。她有著得天獨厚的體格、能活用身體的運動神經，簡直是運動社團夢寐以求的奇才，她不該窩在回家社浪費自己的才能。

最重要的是，有許多人被她開朗的個性所拯救。

——我也曾是其中一人。

「妳以前明明就很常笑，悲傷的表情實在不適合妳。」

「——！」

兩人走到丁字岔路，我忍不住想逃離她哀傷的神情，正當我踏出步伐——背後卻有某種東西碰上來。

「這不是因為罪惡感！我想和阿雪在一起，我喜歡你！這樣也不行嗎？」

她的手碰著我的背部，我從掌心感受到她的體溫。

「我當時的告白，並沒有說謊，可是，我現在的心情跟當時不一樣。那時候，我為什麼會說出那種話……我被朋友捉弄感到丟臉，最後為了保護自己，變得眼裡只能看到自己。我什麼都不明白，原來戀愛，是這麼痛苦的事——」

「神代？」

「不光只有害你受傷，為什麼在那之後，你沒說出會受傷都是我害的？」

神代走到我前方，抓著我的右手，如拿著寶石般，溫柔地抱在懷裡。

背叛眾人期待的，還有受傷的都是我，這點沒有任何改變。

原因什麼的都是旁枝末節，所以她完全無需在意。

「謝謝你保護我兩次。因為阿雪保護了我，我才能站在這裡。我的確有感到罪惡感，也想要補償你。不過最重要的是……我喜歡上你了。這是我的真心話，即使如此你也無法感受到？」

「妳心跳加速是因為運動過——」

「我們的身體早就冷卻下來了，請你老實接受。」

神代表情嚴肅，絕不允許反駁，我沒有任何開玩笑的餘地。

神代的心臟怦怦地跳個不停。我在這時才知道，不光是神代的手，她的身體也顫抖不已。我不明白，我到底該怎麼做？到底要怎樣才能讓她接受？我們現在的距離，遠比過去還要來得接近，但我卻想不到該對神代說些什麼。

「妳臉上沾了奶油。」

「……我還在想你什麼時候會發現。」

「太刻意了吧。」

「……我想讓你幫我擦掉。」

我用手指輕撫她的臉頰。

「我之前說過了吧，我之所以打籃球的原因。」

純粹是因為失戀了，理由就這麼簡單。

「那麼，這次為了我打球不行嗎？」

「為了神代？」

「我想幫你找回來，不對，我想成為阿雪打球的熱情。因為，不能就這麼結束，我不想就此完結。」

神代的手充滿力量，上面寄宿了超乎我想像的強烈意志。

雖然我從未忘記，但我終於回想起，神代她是個徹頭徹尾的體育會系少女。

她應該待在需要她的那些地方。

「妳是打算怎麼讓我找回熱情，隨便我性騷擾之類的？」

我說出了連自己都難以接受的垃圾發言，即使被說是女性公敵也難辭其咎。我誠心祈禱，神代會就此放棄我。

「可以喔。」

放棄我。

「如果這樣能點燃阿雪的熱情。」

拜託妳放棄我。

「——相信我，我喜歡阿雪。這不是騙人的，也不是為了贖罪，這是我的願望。」

我對天哀嘆，為什麼諸事都無法順遂。

◆

我知道神代非常痛苦，所以我們不應該再會的。

日本國憲法明訂，凡是人類，皆有追求自由幸福的權利。

我們應該忘記彼此、老死不相往來，這才是最好的選擇，為什麼事情會變這樣。

所謂的「喜歡」，其實是非常曖昧的心情，就像總有一天會冷卻下來的幻想。我也曾經喜歡過硯川，如今卻無法回憶起當時的心情，就連我媽也是因為這樣才離了婚。

聽說日本的離婚率大約是三十五％，兩人在禮堂宣誓的永恆之愛，不過是這種程度的東西罷了。這樣的心情，隨時可能如鏡花水月般轉瞬即逝，現實就是如此殘酷。

「雪兔要選哪個呢？」

此時的我正被捕食中。

歸途，我碰巧撞見冰見山小姐，她說要請我吃蛋糕，最後就這麼被她拉回家裡。一開始明明面帶笑容邀請我，當我拒絕時卻露出無比哀傷的神情，標榜著女士優先的我，哪還存在拒絕的選項。

「那我要吃這個蒙布朗。」

「呵呵，那麼我吃起司蛋糕好了。今天能見到你，真的好開心喔。」

冰見山小姐家裡和之前拜訪時完全不同，紙箱整理完畢，內裝和擺飾都很有女性風格。而她不知為何這次也坐在我旁邊，還是身體緊靠我坐著。肯定沒錯，她想勾引我！精油的香氣逐漸削弱我的抵抗力。嗚、不行了……什麼都不想做……

時代正推崇保持社交距離，身為陰沉邊緣人的我，個人空間應有常人的三倍廣才對，但這對冰見山小姐卻完全沒用，她完全是個零社交距離的女性，大腿甚至直接貼著我。

「畢竟一個人吃也很無趣嘛？」

「是這樣啊——」

為什麼要用疑問句？還是說之所以邀請我，純粹是因為「好無聊喔你來我家玩嘛」？冰見山小姐實在對自己的美貌欠缺自覺。剛才和學長們打完籃球，暢快地流了一身汗的我，如今卻冷汗直冒。

「抱歉，我剛才運動完，身上有股汗味。」

「我沒在意，而且我也不討厭，這樣很有學生的感覺。」

她心情看似極好。喜歡汗味？莫非她有戀味癖？我感受自身的危機，雖然想拔腿就跑，卻身陷泥沼難以脫離。

完了……我只想軟爛……

冰見山小姐是個不輸媽媽的美女，那怕把解析度提高到8K，在她身上也找不出一絲皺紋，美麗的人終究是美麗，竟能對應時代尖端的畫質，真是太不公平了。

過去，媽媽參加我的教學參觀時，因為她太漂亮了，我完全不敢和她對上眼。雖然在場有眾多家長，但不帶偏袒地說，我媽肯定是最漂亮的，害得我莫名害臊，連頭都不敢回，只能直盯著眼前的黑板。

而且媽媽總愛買東西給我，八成是不想為我的事煩心吧。就連不是生日或聖誕節之類的日子，她也會買一堆禮物回來，也因為如此，我實在沒什麼物慾。

「雪兔，你要不要留下來吃晚餐？」

「這、這不太好吧，我媽媽肯定有幫我準備。」

「說得也對，真可惜。也沒辦法，畢竟事出突然，下次我再邀請你可以嗎？到時候你還願意來嗎？」

「好。」

答案是NO。不過我到底是個日本人，在這狀況下實在不敢說不。

媽媽現在居家工作，待在家的時間大幅增加，晚餐也由她準備。過去主要是由我煮飯，鍛鍊出的料理技能如今無處發揮，實在可惜。

「雪兔，你有什麼煩惱嗎？看你愁眉苦臉的。」
「冰見山小姐，我記得妳以前有過未婚夫對吧？」
「我現在只對雪兔專情喔。」
「我竟然自掘墳墓……」
「要我幫你埋起來嗎？」
「謝謝，這問題有點失禮，說不定會讓妳生氣，我想問妳現在，是怎麼看待妳未婚夫呢？」
「哎呀呀，你這麼在意我的事啊？」
「我只是在想『喜歡』到底是什麼？畢竟我媽也離婚了。」
「你有喜歡的人？還是被告白了呢？你等我一下喔。」
冰見山小姐從客廳走進寢室，她把門關上，裡頭發出翻找東西的聲音，大概五分鐘後，冰見山小姐走了出來，還換了件足以把我殺死的衣服，我一看嚇到差點被口中的蒙布朗噎到。
「你覺得如何？都這把年紀了還穿這種東西，好害羞喔。」
「為、為什麼要這樣捉弄我……」
「看雪兔的反應，你好像『還沒經驗』呢。」
「噫咿！」
雖然我的精神力，有如六十年只會開一次花的龍舌蘭一樣堅忍不拔，但還是有個限度。

「呵呵，這件是我偷偷買的，好看嗎？」

「很、很好看。好看到我差點失去理智了。」

「要失去理智了嗎？」

她在我耳旁細語。我感受到自己的精神障壁，就像被鑽岩機挖掘的岩層一般。嗚哦哦哦哦哦哦哦惡靈退散！惡靈退散！不對，是煩惱退散。

「對不起求求妳放過我吧！」

我擔心自己的小命不保，只好磕頭懇求她。

「如何，打起精神了嗎？」

「我無可奉告。」

我將視線朝下，完了，不管說什麼聽起來都像開黃腔。

「這個嘛，我確實曾經喜歡過他，但卻發生了無可奈何之事，光是喜歡實在無法維持兩人的關係，最後只能分手了，只是這樣而已。」

「這份心意也跟著消失了嗎？」

「我肯定是放棄了吧。所以最後呢，與我的感情無關，只留下了曾經喜歡過他的事實，我想大概就是這樣。」

「我可能一輩子都不會懂。」

「不過，也會留下記一輩子的思念，被他人傷害過這件事是無法抹滅的。」

冰見山小姐摸了摸我的頭，她的眼神看似慈祥，卻又帶有悲傷。在她心中到底留下了何種感情，我實在無從得知。

「我覺得不用想得那麼複雜喔？至少在學生之間，這點事還是被允許的，即使是以自己的心情為優先考量，也不應該被人責備。」

……我究竟會有那麼一天到來嗎？

冰見山小姐面露遺憾地目送我回家，她肯定是個好人，只是與他人的距離感徹底壞掉了。這人，肯定是喜歡我吧？搶手的男人真命苦啊。這輩子沒交過女朋友的我，忍不住自虐一下。

兒子比平時還稍微晚歸，聽說他是受冰見山小姐邀請，去她家打擾了。我想應該只是單純的鄰居交際，卻又感受到了不尋常的氣息。畢竟那孩子的女人運實在差到極點，除了非常不安定外，還蘊藏著莫名的危險，雖然導致這結果的就是我自己。

如今懊悔也沒有用，小孩會在童年發展出自己的人格。那時候，我到底有在他身上投注多少愛情？因為他是第二個小孩，我才疏忽大意了，當我理解這個道理時，早就為時已晚。

「媽媽，妳聽我說，今天啊——」

「抱歉，已經太晚了，明天再說吧。」

「嗯。」

他總是努力找話題，嘗試向我傳達。

「今天啊——」

「今天我會晚回家，你跟姊姊先吃飯吧？」

「嗯。」

那時工作正值步上軌道的重要時期，而我把太過繁忙當作藉口，反覆拒絕了他，當我察覺，他已不再對我說任何話了。愚蠢的我，竟然還把這當成了孩子的成長。

再加上我把照顧雪兔的事，都交給悠璃這個姊姊處理，但我根本不明白，媽媽和姊姊的職責不同，兩者絕對無法互相取代。悠璃還只是個孩子而已，最後她也超出負荷，導致了那次事件。

在那之後，雪兔的內心就好像缺了一角，變得判若兩人，而我則變得不安，認為自己沒有好好面對他。我沒有將自己的心意，化作語言傳達給兒子，我感受到他黯淡的眼神徹底拒絕我。

小孩在生日或聖誕節，都會想跟父母要求禮物，悠璃也經常告訴我自己想要什麼。可是，雪兔卻從來沒有對我提過自己想要的東西，他甚至還忘了自己的生日。他開始貶低自己、對任何事缺乏興趣，認為自己是不必要的存在。

我為此感到恐懼，變得一有機會就會買些他可能會想要的東西。

不過我心裡明白，這不是我真正該做的事。

在某次教學參觀日，我徹底震驚了。其他孩子，都羞澀地回頭對著母親說話，只有雪兔，連看都不看我一眼，直直面向黑板。直到我向他搭話前，我們之間沒有任何對話，也許他心裡想的是，反正我不可能會來。

妹妹雪華對如此丟人的我勃然大怒，還說出要收養雪兔。我們為此爭執不休，但我知道雪華的主張是正確的，我實在是不懂育兒，就連給予小孩愛情都做不到，我根本無從反駁她。最終，那孩子到雪華家住了一個月。從那之後雪華就時時惦記著雪兔，又或者說，是過度黏著他，一逮到機會就把雪兔當作貓咪般寵愛，看他的眼神還格外迷濛，我在一旁都覺得不太妙。

而這個冰見山小姐，也讓我感受到跟妹妹相同的氣息，說不定她也早就迷上雪兔。不過，即使如此，我還是得從頭面對自己的兒子。現在居家工作，與孩子在一起的時間大幅增加，我絕不能錯過這次機會。不論再怎麼遲，那怕無法傳達給他，我身為母親，都不能放過給予他愛情的機會，就算一切早就為時已晚。

我對冰見山小姐燃起了對抗意識，心中還湧上一股焦躁和獨占慾，那孩子的母親是我，只有這點我絕對不能拱手讓人。

「要不要偶爾一起洗澡？」

我趁兒子洗澡，跑進浴室說要幫他洗背。我們有多久沒像這樣一起洗澡了？幫他洗頭、幫他洗背，啊啊，光是這樣，就令我產生了無限的愛意——

「我連在家裡都無法好好休息嗎⁉」

兒子的哀號響徹了整間浴室，奇怪，他到底怎麼了？

第五章「無妄冤罪」

擠進滿員電車，這是成為社畜的洗禮，一大早就得受這種罪，真是辛苦了。

人生路線圖徹底錯亂延遲的我，今天難得地坐電車上學，因為昨晚我住在雪華阿姨家。

九重雪華，是我媽媽的妹妹，也就是我的阿姨。九重其實是我的母姓。

我過去大概有一個月的時間，被雪華阿姨收養一起生活。過去媽媽曾因為我的事，和雪華阿姨大吵一架。阿姨說不能把我交給母親，便強行把我帶走了。

在那之後，我若是沒定期去住她家，她便會向我哭訴。每次住在她家，我都是坐電車上學。

雪華阿姨不只個性溫柔，外觀還非常年輕，不過她總愛為我操心，幾乎稱得上是極端的過度保護。

她一逮到機會就會買東西送我，昨天我本來做好覺悟要接受她的好意，但她卻在我耳邊細語說：

「雪雪，你有什麼想要的東西嗎？小孩之類的如何？」

我鋼鐵般的意志力差點融化，要是我當下點頭答應，天曉得十個月後到底會發生什麼事。恐怖，太可怕了，我只好裝沒聽見。

雖說是滿員電車，但我現在人卻坐著，因為我在搶椅子遊戲中勝利了，說實話頗有優越感。眾人充滿嫉妒的眼神看得我是悠然自得——此時，電車剛好到站，又有一批新乘客往車廂內擠。

這人沒問題吧？站在我眼前的女性，臉色實在不太好看，似乎是身體不舒服。近年來經常發生讓座給年長者，對方卻因為不爽被當老人而發飆，在這種場合結果又會是如何呢？話雖如此，想再多也沒用。

「請坐。」

「啊……謝謝。」

我起身讓座，別看我這樣，對體力可是頗有自信。現在雖墮落成了回家社，但過去好歹也認真參與運動社團，腰腿都算有力，況且再十分鐘左右就要下車了，沒必要硬占著位子。

我拿起手機打發時間，搜尋紀錄上記載著「十個月後」，以及其他不方便給人看到的關鍵字，之後再找時間刪掉好了。

正當我這麼想時，忽然看見入口附近某個女學生，這名女學生直低著頭，看似在隱忍。

這車上身體不舒服的人會不會太多啊？滿員電車的環境有這麼惡劣嗎？不過，看起來並非如此，她被擠到牆邊，身體瑟瑟發抖，我能想到的可能性就只有一個。

「大清早的也太血氣方剛了吧？」

一早，能戰勝睡意的人不在少數，能戰勝性慾的應當也是如此。雖然我也被雪華阿姨搞得神魂顛倒，沒什麼資格說人，但我可不會在這種滿員電車裡產生性興奮。

我絕對沒這種興趣！我說真的喔？

我擠進人群，慢慢靠近到不遠處觀察對方。

實在不想承認，但我沒猜錯。好好一個大人，竟然一大早偷摸女高中生的屁股，真是不像話。我忍不住嘆一口氣，社會病了，這年頭變態也太多。

到了下一站，我順著人流接近，正打算抓住那名身穿西裝的上班族的手時——

「你這混帳在做什麼？」

當我察覺，我的手已被人抓住。

我瞬間就領悟，又被捲進麻煩事了。

我的好朋友・三雲裕美剛才傳訊息給我。

她似乎遇到色狼。明明我們沒多久就要會合，變態會不會太喜歡她了。如小動物般可人的她，經常被當作獵物。

在我們會合後倒是不必擔心，在那之前只有她一個人面對變態，實在讓我坐立難安，即使是現在，裕美也不停傳訊息給我。

看到她用手機簡短地傳出「救我」的訊息，害得我更加憤怒。

正因為經常發生這種事，裕美變得不太信任男性。電車裡明明多的是人，也不可能所有人都是色狼，為什麼大家都不願意伸出援手？對我而言，那些裝作沒看到的乘客，也是助長性騷擾行為的幫兇。

（好了，該怎麼做呢……）

一切看對方如何應對，如果老實認罪還有酌情處置的餘地，但根據他的態度，可能還是得交給警察處理，到時候肯定會遲到，但這也是為了正義。事後再請警察或站務員向校方解釋吧。

裕美總是在同個車廂上車，進去後也會待在相同位置，所以電車一到站，我馬上就看到她。

今天又碰上了怎樣的變態，別看我一個女生，可是有練過武術，功夫也相當了得。最重要的是，我身為學生會長，絕不允許有人傷害本校學生，那怕是在前往學校的通勤路上。

這是我身為學生會長的職責，也是我祁堂睦月所堅持的正義。

「是這傢伙嗎！」

我一把拽住將手伸向裕美的男人手腕，讓我瞧瞧是個怎樣的傢伙。頓時間我驚呆了，眼前的竟然是我們學校的學生。

「你這混帳在做什麼？」

「慢著，不是我……」

「別想找藉口，你這混帳，身為我們學校的學生，就不會感到羞恥嗎？」

她把我的手拉起，將我按在地上。雖然可以硬把她甩開，但只會讓狀況更複雜，我還是乖乖服從好了，其實我或多或少也察覺事情有可能會變這樣。在車廂內被人指證為色狼，還被她抓住問罪，真是倒楣透頂。

「我親眼看到你把手伸向裕美，你別再說謊了。」

「妳的眼睛根本是裝飾。」

「什麼……？」

她將體重壓在我的手上，動作非常熟練，說不定有練過武術。她個子有點高，身體頗為結實。

她和一旁低著頭的女學生完全不同，雖然總覺得好像在哪見過她，但大腦卻搜尋不出她的名字。這女生講好聽點是個運動少女，講難聽點，就是腦袋也塞滿肌肉。

「你要是老實認罪，還有酌量處置的餘地。」

「我無法承認沒做過的事，這違反正義。」

「色狼還敢給我談正義。」

「我又不是色狼。」

「那我只好報警了。」

真要命，她完全不聽人話。要是真找警察我也無所謂，反正只要問清事實，我鐵定會被無罪釋放。不過到時候傷腦筋的就變她們倆了，雖然我實在無法對誤把我當犯人的對象產生同情心，就算被人指責也是她們自己的責任。

「那麼就請妳快點找警察來吧？」

「你以為自己是學生就不會被問罪嗎？太愚蠢了。」

「在我看來，妳倒是比我蠢些。」

「我跟你無話可說了。對不起，請幫我聯絡警察，這人不配讀我們學校，他沒這資格。」

「啊……好，我知道了。」

站務員聽了便急忙去報警，為什麼我的女人運這麼差，每次跟女人扯上關係都沒好事。

「等等，他不是犯人。」

我稍微收回剛才那句話，看來我的女人運也沒糟到極點。

我大吃一驚，沒想到犯人竟是我們學校的學生，看起來是低年級的。雖然有點在意為何他見到我卻毫無任何反應，就這麼葬送年輕人的光明前程，實在令我感到良心苛責。只可惜這名學生毫無悔意，堅稱不是自己做的，見他裝傻到底，讓我的火氣也慢慢升起。

雖然他是我們學校的學生，但若放著不管，說不定會在校內撞見裕美。裕美本來就不信任男性了，要是見到性騷擾自己的對象是同校學生，肯定是難以忍受。況且要是這次放過他，天曉得他會不會再犯，只有這點是絕對不能發生的。

只能讓這名學生退學了，有這種學生，對學校百害而無一利，我判斷他沒有悔意，於是下定決心找警察處理。

「我跟你無話可說了。對不起，請幫我聯絡警察，這人不配讀我們學校，他沒這資格。」

「啊……好，我知道了。」站務員答道。

這下子肯定遲到了，但沒辦法。若是放他一馬，到時候不只裕美，可能還會害其他學生或是女性遭受不幸，絕對不能饒恕他。

一早我的心情便黯淡無光，為什麼社會上都是這種人，為什麼沒人願意幫助裕美。

「等等，他不是犯人。」

就在我暗嘆時，這句話傳入耳中。

「咦，是妳？」

「剛才謝謝。」

是一早站在我眼前的女性，她的臉色稍微好轉了。看來她願意幫助我，在我眼裡，她就跟把斧頭落入湖裡而冒出的女神同樣神聖。

「什麼?不好意思，請問妳是?」

「我一直坐在他前面，他不是色狼。」

「坐著?我親眼看到他把手伸向裕美，坐在車廂內的妳為何要包庇他?」

「那是因為他後來主動接近那女生。」

「他不就是想性騷擾裕美才接近她嗎?」

「不對，欸，妳，回想一下。妳被性騷擾的時候，身邊有人穿著制服嗎?」

「咦……?我、我……」

「仔細想想，他可能是擔心妳碰上色狼，才主動接近想幫助妳。他移動到妳身邊時，已經快要到站了。妳被性騷擾時，周圍站了些怎樣的人，妳多少還記得吧?」

「都、都是大人，我好怕……這麼說來，好像都是穿著西裝……」

「有人穿著同校制服嗎?」

「好像沒有……不、不對，沒有人穿制服!」

「什麼!?」

這不聽人話的學姊依然死扣住我的手，我除了享受她胸部的觸感外無事可做，可惜在這狀況，我無法發自內心認為自己賺到，真是可悲。

「唉……實在太過輕率了。妳們差點就糟蹋他的人生了喔?不只如此，如果發現他是無辜的，就變成妳們誣告對方，這要被判刑的。下次碰到這種事要再慎重點，知道了嗎?」

「怎麼這樣……那麼，你是為了幫助裕美才……」

「對、對不起！」

「沒什麼，不用這麼在意，畢竟錯的人是我。」

「……什麼？」

事到如今對我道歉，我也沒任何感覺，不過就是我一如往常做了錯誤選擇，決定挺身而出根本是錯的，多在意也沒用。

「幫上忙的人是學姊，根本不需要我。」

跟人扯上關係果然不會有好事，這點我明明最清楚才對，但每次都會做出錯誤選擇，早知道——

「**我打從一開始就不該去幫忙**。」

當沒看到就好了，說到底的，碰到色狼的人自己求救不就行了。拜託他人、依存他人、被他人保護，根本無法解決任何問題，起碼我就是個最好的例子。

「——！」

「差不多能放開我了吧？請放心，我不會再犯同樣的失誤，**我再也不會去幫助別人了**。學姊說得對，我沒那資格。」

我不會犯下同樣的失誤，既然這次狀況的成因相當明確，那對應方式就簡單了。以後碰到被性騷擾的女性就當沒看到，這樣就不會有任何問題，也不會被牽扯進去。

反正需要改變的到底還是當事人，也就是犯罪的色狼，我這局外人本來就該置身事外，況且他們都是陌生人，根本無關痛癢。

「慢、慢著！對不起，你沒有錯。你的行為是──」

「已經沒事了吧，再見。」

我甩開學姊的手，轉向救了我的大姊姊，並對她低頭。

要是沒這個人在，事情肯定會變更麻煩。

她對我而言，跟救世主沒兩樣啊！

「非常感謝，我能稱妳為彌賽亞嗎？」

「這就不必了，多虧你，我現在舒服多了。我早上會低血壓，身體不太舒服，今天還特別難受，你肯讓座我真的好高興。沒想到你竟然被捲進那場騷動，真是嚇我一跳，害我想不在意都難。」

「身體已經沒事了嗎？」

「還是有點難受，唉……雖然想去大學，不過看來早上只能休息了。」

「我也不太舒服，乾脆找間咖啡廳進去休息好了。」

「是嗎？那麼我也一起去好了。不過你蹺課好嗎？」

「沒問題，我是問題兒童。不如我請客吧，畢竟妳救了我，就讓我稍微回禮。」

「問題兒童不是更該去上課嗎？不過這怎麼好意思，你明明也幫了我……」

「就讓座而言，妳的回報大過頭了。」

我和大姊姊一面閒聊，一面找了間咖啡廳進去休息。

「要是後續又發生什麼糾紛，你就聯絡我吧。」

這位大姊姊的名字叫二宮澪，她還把聯絡方式給了我。這世上有給人扣上莫須有罪名的女性，自然也會有拯救無辜之人的救世主，天無絕人之路，世界就是如此奇妙，先姑且不說這個。

「真不想上學……」

心情是好了不少，但已經過了十點。事到如今根本不想去學校。沒錯，從今天起我就是壞孩子九重雪兔。反正都成了問題兒童，蹺個課也不算什麼。

這麼說來，從這搭三十分鐘電車就能到臨海地區。我為數不多的興趣之一，就是吃甜食，聽說那附近有間最近爆紅的甜點店，在賣一天限定只做五十個的甜塔。糖分正在呼喚著我。

「呼，就這麼決定了——」

我獨自奸笑，朝著學校的反方向前進。

這也是一種揮灑青春的方式也說不定。

於是我蹺課來到了臨海地區，甜塔實在是太美味了，不愧是限定甜點。如今我已達成了最大目的，也是有回學校上下午課程的選項。

反正任誰都不會料到我蹺課來到這種地方玩，呼呼呼。

這裡可逛的地方還多著，要去購物中心買東西，或是去坐摩天輪也行，要像個修學旅行生，毫無來由地跑去電視臺玩好像也不錯。我就像在享受著一人修學旅行，這麼做確實很有邊緣人風格，真是開心啊。現在不是盂蘭盆節也不是年底，沒辦同人誌販售會（祭典）的國際展覽館根本沒多少人會去，去裡面參觀也別有一番風情。春天的陽光十分耀眼，海潮氣息也讓我情緒高漲。

我放空腦袋看著大海，水鳥正愉快地嬉戲。

聽說在日本丟失錢包，回到主人身邊的機率大約是六成，我丟失的東西究竟有回來的一天嗎？

我到底是在人生的哪個時間點，丟失了對人的「好感」，如今我已無從得知。是那個時候？還是那個時候？我不斷回首，卻找不出答案，不論怎麼尋覓，反而只讓自己迷了路。

我所丟失的「好感」到底在哪？真的有取回的那一天嗎？丟失了「好感」的我，開始不在意任何事，別人怎麼看待我、對我有什麼想法，我都絲毫不在意。沒有「好感」，也沒有相對的「惡意」。即使被他人討厭，我也無動於衷。不論對方對我抱持何種感情都無所謂，因為我無法用同樣的情緒面對他人。

感情就像是空了一個大洞。

但是，這不對勁。不應該發生這種事，因為我過去，確實曾對他人產生過「好感」。如今我丟失了「好感」，便失去了面對他人的資格，因為我無法用同樣的感情回應對方。

不論對方對我產生何種「好感」，我都無法用「好感」回應。

無法回應，於是我失去了「喜歡」這種心情，甚至是其衍生出的「戀愛」，我也一併失去了。

因此，我不該與他人有所交集。至少，在我取回丟失的事物之前，我必須乖乖地當個邊緣人。

「雖然我是這樣想啦……」

我真不懂，為什麼會變成這樣。周圍的人完全不顧我的意願，硬是想和我扯上關係。老實說，真的很麻煩。有所欠缺的我肯定會傷害他人，使他們不幸。我並不希望變成這樣。

我不經意拿起手機，傳來好幾則訊息。也許是我什麼都不說就蹺課了，才有人聯絡我。當沒這回事不就好了，何必要在意我？這實在不是件好事，關心我可不會有什麼好下場。就是因為他們不懂，我才會跑到這種地方。

「唉……」

心情再次變得陰鬱，就在這時，我完全失去了下午回去上課的意願。好閒，乾脆去遊樂場打電動吧。

「不好意思，九重雪兔是在這個班嗎？」

午休時間，突然有人來訪。

「學生會長跟……副會長？」

來訪者正是祁堂睦月和三雲裕美兩人。祁堂身為學生會長，經常有機會在全校集會向學生打招呼，一年級幾乎都認識她。

會長跑來找一年級有什麼事。她可不是沒事會跑到一年級教室的人物，在場學生的訝異眼神都集中在她身上，此時櫻井上前回話。

「九重同學今天休息，請問找他有事嗎？」

「九重仔今天蹺課！」

峯田一插嘴，祁堂的表情便瞬間轉為嚴肅。

「什麼？他沒來？不，這不對啊。他早上確實打算來上學才對。」

「糟、糟了啦，小睦他不會——」

「這麼說來，藤代老師也說她沒收到聯絡。」

「怎麼辦，他說不定直接回家了……」

「學姊，發生什麼事嗎？」

「我也想知道，我有聯絡他，但他遲遲沒有回應。」巳芳也上前詢問。

現場一片譁然，眾人為這難以理解的狀況吵成一片。

「不好意思，這事無法輕易告訴他人。裕美，我們去教師辦公室。」

「嗯，得快點！」

兩名高年級學生神情緊張，慌張地跑向辦公室。

教室鴉雀無聲，所有人心知肚明，肯定發生了不尋常的事。

「我也去。」

巳芳衝出教室。

有幾名學生跟隨他，朝著高年級學姊的背影追去。

「藤代老師！休息時間打擾了，請問您知道九重人在哪嗎？」

辦公室的門被用力打開。突然聽見有人呼喊自己，害得在座位吃著麵包的藤代差點噎到。

「——嗚、咳咳。搞、搞什麼，是祁堂啊。真難得，妳找九重？」

「全都是我們的錯！」

「妳、妳們等一下，別勒我脖子！冷靜點，到底發生什麼事？」

「九重今天似乎請假，他有聯絡妳嗎？」

「是啊，連個通知都沒有就缺席，真讓人頭大。」

「不對，他早上確實——」

「就說了先告訴我發生什麼事！還有別勒我脖子，要被妳扭斷了！到底怎麼了？」

兩人一五一十說明了早上事件的始末。藤代聽完面露懼色。

其他老師發現事情並不單純，一個個豎起耳朵偷聽，此時巳芳他們也來到辦公室，祁堂絲毫沒有察覺，繼續和老師對話。

「所以他今天沒來學校？幸好是以誤會收場，若事情真的鬧大，我們就必須做處分了。」

「這全都是我的責任，他什麼都沒做錯！」

「那樣才更麻煩，如果九重是無辜的，反而是妳們得被處分。真是夠了……」

「怎麼辦，老師，妳知道他人在哪嗎？」

「若是這樣他應該是無故蹺課了，我沒收到通知。如果是悠璃的話說不定知道——」

「九重——是這樣啊，原來他是九重悠璃的弟弟！」

「小睦，我們快走吧！」

「慢著慢著，別衝動啊，我用廣播把她找來。」

狀況變得更加撲朔迷離。

糟了，這樣下去真的不妙——！

心裡莫名忐忑不定，我已經很久沒有如此焦躁了。

不，這說不定是有生以來第一次。

午休時間，我為了正式向對方謝罪而前往他的班級。我對照學生名簿和記憶裡的臉龐，馬上就找到那名學生的班級，他的名字叫九重雪兔。

他最後那句話在腦中盤旋，久久不能消退。我深怕自己做了無可挽回之事，我誤會了他的正義，甚至蠻不講理地將它曲解成犯罪，踐踏了他所珍惜的信念。

我身為學生會長，非但沒保護學生，還傷害了他。

我自幼便崇尚正義，活得光明磊落，不知不覺地，身邊的人也開始評價我是個好榜樣。到現在，我成為了學生會長。

不過，我只是用自己堅信的方式過活，並貫徹自己的正義。成為學生會長，只是其中一個結果罷了。

如今我的信念搖搖欲墜，我實在不敢相信，自己信心的立足點竟會如此脆弱。

我深怕自己的正義，消滅了他人的正義。

他什麼都沒做錯，他的行為，完完全全就是正義本身。但我也不覺得自己做錯了，要是有同樣的事情發生，我照樣會挺身而出。

只是，我的思考不夠周全、視野太過狹隘，既不聽他辯解，還單方面地傷害對方。這是我犯下的過錯，我必須得補償他。

若是做不到，我肯定無法再次順從自己的正義行動。

我的正義，絕不允許扭曲他人的正義。

為何我的心裡會如此不安，這是第二次產生這樣的情緒了。

為什麼事到如今，才再次回想起呢？是因為看到他離去時的眼神嗎？

他沒有來學校，這一定是我造成的，是我傷害了他。他現在人在做什麼？正在悲嘆嗎？心裡絕望嗎？他恨我嗎？

我好怕，我害怕見到他，但是，我必須向他——

「看妳幹了什麼好事！」

「悠璃妳冷靜點！九重雪兔沒聯絡妳嗎？」

「為什麼不早點告訴我！」

「他今天沒跟妳一起上學？」

「他今天從其他地方上學。啊啊，真是夠了！」

周遭為我的震怒而直打哆嗦，但我才管不了這麼多。

愚蠢的學姊，這算什麼學生會長。這樣一個貨色竟然是學生會長，開什麼玩笑！又來了，那孩子又被別人傷害，就和那時候的我一樣。我急忙撥打電話，只要是我打去，他一定會接。

沒想到電話才響幾聲，就馬上接通了。

「雪兔！你現在人在哪？」

「我在海邊啊？」

「——咦、海邊？」

眾人一片譁然，想也當然，那可不是一般人蹺課會去的地方。再加上一早發生的事，直讓人聯想到最糟的結果。

「難道，你、你不會是想跳海自盡吧⁉」

我急得脫口而出，一瞬間，辦公室裡人心惶惶。不光是班導藤代，連其他老師也緊張地關注起我們的對話。

「啊哈哈哈哈哈，這個好笑。」

「你還有心情笑！」

「反正丟失的東西也找不到，我差不多要回去了。啊，我有買土產喔。」

「土產是什麼意思⁉你到底跑去哪了？」

「反正我是問題兒童，做這點事也不算什麼啦。」

「什麼問題兒童？開學到現在也沒過多久啊！」

「──問題兒童？不會是我說的話害他……」

藤代小百合不知在碎念什麼，可我現在沒空管她。

「果然啊，國際展覽館還是只有盂蘭盆節跟年底逛才有意思。」

「你到底在胡說什麼？總之狀況我已經知道了，你沒事吧……？你真的會回來……？」

「妳就等我高中畢業吧。畢業之後我就不會再給悠璃添麻煩了。」

「……高中？等等，什麼意思？難道你──」

「就快了，現在就消失還嫌太早呢。」
「——!?慢著，雪兔！你不是真心——」
「我馬上就回去了。」
電話被切斷了，我呆站在原地，難道他到現在還——
「喂、悠璃，看妳慌成這樣，真的沒事嗎？」
「總之，他應該沒事。」
「這、這樣啊。」
「他說現在要回家。明天應該會正常上學。要向本人提問等明天吧。今天已經沒有我們能做的事了。」
「悠璃，真的非常抱歉！」
「對不起！」
「我絕對不會原諒妳。」
我對她們不屑一顧，走出了辦公室。在場好像也有雪兔的同學。
我現在根本不在意她們到底說了什麼，腦中只想著弟弟最後那句話。我早該知道了，看那孩子的態度，就料到總有一天會發生這種事。
現在我還記得他當時那句話，殘留在手上的觸感，以及他憔悴的表情。雪兔在剛才的對話中，稍微透露出自己的真心。過去，那怕是一丁點，他都難得會說出真心話。或許是因為今天發生了這種事，他才不禁脫口而出。

雪兔說，要我等他高中畢業，換言之，期限只有畢業為止的這三年而已。若是過了這時間，我就再也沒有辦法挽回。

弟弟的青梅竹馬硯川燈凪，他們倆相處時，弟弟確實有所好轉。我才會放心，將一切交給她。不過，當我察覺事情不對勁時，弟弟又恢復原狀，不對，甚至比之前來得更糟。而且無時無刻陪伴在他身邊的青梅竹馬，也已消失不見。

雪兔為了忘記硯川，決定全心全意投注在籃球上，這次又換成一個叫神代汐里的女人跑來接近他。兩人逐漸熟識起來，我本來還對神代有所期待，卻沒想到她也是在傷害完雪兔後，就消失得無影無蹤。

現在沒想到，連學生會長也加入了加深弟弟心靈創傷的競賽，為什麼我弟弟身邊包含我在內，就只有這種女人。

弟弟需要的，不是會傷害他的人。我無法再交由他人處理，任誰都一樣，這次我絕對不會背叛他，只有由我來——

◇

有道是武士即使清貧，也要維持高尚操守，只可惜我不是武士，而是高中生；現在也非江戶時代，而是令和年間。話雖如此，就連整個人生都處於鎖國狀態的我，也憧憬著維持堅貞氣節的生活方式，邪門歪道就該被驅逐。

先不扯這些了，現在是午休時間。我站在教室前的走廊。

學生會長和副會長，兩人在我面前下跪。欸，這啥情況？

「九重雪兔，真的是非常抱歉！請你原諒我！」

「對不起，九重同學！」

教室裡的人議論紛紛這是不說自明，就連經過的學生們，也停下腳步在遠處觀望。

還有人拿起手機攝影，總之我先比個耶。太顯眼了，這實在有夠顯眼。不對吧，這兩個人是有毛病嗎！是武士嗎!?我什麼時候成了大名？拜託來個人頂替我。

「愛卿平身。不，我開玩笑的，這樣太顯眼了，拜託妳們站起來。」

「對於傷害你的事，我誠心向你謝罪。」

「那個……謝謝你願意幫助我！」

「我不是說過別再提那件事了？」

學生會長和副會長，終於把頭抬起，這段期間湊熱鬧的也不斷增加，但她們倆似乎不在意有人旁觀。

客觀來看，三年級學生跑到一年級教室磕頭道歉，就已經是有夠醒目了，況且對方還是學生會長，弄得走廊儼然成了星光大道。妳們就不能繞路而行嗎？我的邊緣人之路給妳們擋了。況且妳們說要謝罪，怎麼連個金黃色點心都不拿過來？以賄賂出名的越後屋看到肯定勃然大怒。

「這可不成，這對我而言是非常重要的事！」

「那個，我們想向你道謝。」
「拜託妳們請回吧。」我冷冷地答道。
跟她們扯上關係，最後倒楣的肯定是我。
不過，學姊們的眼中，卻懷藏著某種熱意。
「九重雪兔——請你跟我做吧！」
「能不能讓我們請你吃點好吃的——等等、小睦!?」
學姊口齒真是清晰啊——聲音好聽又通透，真不愧是學生會長，有她在，這學校的前程可說是一片光明。嗯嗯，副會長也是個通情達理的人，真是太好了。
對啦，我知道啦！我不過是在逃避現實啦王八蛋！我決定當什麼都沒聽到，我身為主角，終於到了施展裝傻特技的時候。
「欸，妳剛才說什麼？」
「九重，我也是第一次，可以的話拜託你用這個。」
看來是我裝傻的等級太低，沒對她產生效果，只好繼續修練了。學姊扭扭捏捏地把某種東西遞交給我。盒子上寫著◯・◯一釐米。窩、不知刀……遮是什摸……我好像看過這玩意，雪華阿姨的家裡也有，她還刻意擺在容易映入眼簾的絕妙位置。
還有，這傢伙會不會太薄啊？科技發展得好快呀！
「不過，若是你不想戴，我也能夠接受。」
「小睦!?妳、妳到底怎麼了!?」

副會長三雲學姊巴住會長搖來搖去，但祁堂學姊卻文風不動。八成是因為她的腰腿非常強韌，祁堂學姊腰桿直挺，能感受出她徹底鍛鍊過體幹，真是出色。

「如果你堅持，就是不戴我也能接受！」

「拜託妳不要暴衝!?求求妳冷靜點！」

「裕美，我現在非常冷靜。」

「那不是更糟糕嗎!?」

這麼說來，差不多要到考試期間了。我對學業多少有些自信，考試對我完全不成威脅，幾乎可說是能早點放學的獎勵時間。我再次逃避現實，開始胡思亂想。

因為光聽她們倆的對話，就快把我給逼瘋了。

「可是根據我的調查，男生收到會最開心的禮物，就是女生的處——」

「哇啊啊啊啊啊啊啊啊啊！」

「雜誌上是這樣寫的，我差點就因為自己的愚蠢，害九重葬送了他的人生。既然如此，我也得賭上人生才說得過去。九重，這是我謝罪的心意，你就收下吧！」

我懂了，學生會長跟雪華阿姨是同類，是那種肉食性猛禽。而我這種草食動物，不過是她們的狩獵對象，我還是老老實實地過活吧。

「學姊，抱持著贖罪的心情跟男生做那檔事，他們也開心不起來喔。」

「什、什麼……不過，這麼講確實有些道理。」

「就、就是說啊，小睦。妳冷靜點，再考慮一下吧？」

「不對，九重，雖然我確實有贖罪之意，但不光是只有如此！」

「啊，這人沒救了。」

我試著一本正經敷衍的計畫失敗了，我自己也沒做過那檔事，這下要闖過這關只能靠這一招了。雖說到嘴的肉不吃是男性之恥，但我的肚子可沒那麼餓，要果腹隨便吃點普通食物就夠了。

「我還得去福利社買午餐先走一步了！」

三十六計走為上策，我迅速逃離現場，敗戰計乃是兵法中處於劣勢所使用的奇策，更何況我打從一開始就輸了。

「有變態啊啊啊啊啊啊啊啊啊啊啊！」

我的悲鳴響徹整條走廊。

逃離變態魔爪的我，決定躲到逃生梯去。事到如今，那裡已成了我唯一的休憩之地。疲憊不堪的我嘆了口氣坐下，這時我才發現，有人早我一步待在這，而且我好像見過她，我記得名字是奧林帕斯十二神的其中一位。

「阿芙蘿黛蒂學姊？」

「哼——」

被無視了，看來她在生氣。被學生會長惡整精神疲乏的我，實在沒力氣應付她。

凡是人都有心情差的日子，像我姊每個月大概就有一天，在這種時候，不管她們才是正確選擇。

我打開剛買的葡萄麵包和起司牛奶麵包。這次我買了絕配組合，真是迫不及待想快點開動。

「欸，你怎麼無視我開始吃東西了？」

「真麻煩啊……啊、剛才那句請往善意方向解讀。」

「我之前就說了，不要以為說有善意，講什麼都會被原諒好不好!?」

「就算妳這樣說，妳生氣跟我又沒關係。」

「明明就有！你還記得之前見面時說過什麼話嗎？」

「我說了什麼？」

「你分明說過每週會來個一兩次！結果我每次來都沒碰到你！」

好像真有這麼一回事，我都忘光了。我記得有幾次天氣太差，我就直接回教室吃午餐了。這時候還是別太老實，試著蒙混過去比較好，誰叫我可是個懂得察言觀色的男人。

「我也是有各種難處啊。說起來阿芙蘿黛蒂學姊，妳每天都有來啊？」

「嗚，才不是好不好？我只有偶爾想獨處的時候才會來，先說好，我可不是在意你才跑來的喔？」

「搞什麼，原來同為天涯邊緣人啊，啊哈哈哈哈哈。」

「別說了！不要把我跟你混為一談！還有你對我的稱呼怎麼又變了!?」

「反正都是女神嘛。」
「聽起來更莫名其妙了好不好！」
「可是，我又不知道學姊的名字……」
「我說過了對吧？我明明就自我介紹了啊？為什麼你專記些奇怪的部分？」
「葡萄麵包的葡萄，是不是沒啥葡萄味啊？」
「聽我說啦！對我有點興趣好不好？別看我這樣，在二年級裡還挺受歡迎的呢。」
「我的天，這人開始自吹自擂了。」
「你很毒舌耶！我自己講也很丟臉啊。」
「別氣了啦——奇怪？為什麼硯川會跑來這……？」
我隨意打發了阿芙蘿黛蒂學姊的自虐式自誇，忽然看見一男一女往這走來，兩人神情緊張，看起來不像是朋友。
「怎麼了……糟、糟糕，那兩人，是不是往這走來了？」
「只要大大方方的不就好了？又沒做什麼虧心事。」
「這樣很尷尬啦！而且他們肯定是要告白。」
「啊啊，這麼說來阿芙蘿黛蒂學姊也是在這裡被告白呢。」
「哼哼，說得沒錯，我可是很多人追呢！」
「起司牛奶麵包，竟然把兩種乳製品混在一起，感覺有夠蠢的。」
「我說你，是不是看不起我啊？啊、快點躲起來！」

學姊急忙拉住我的手，把我帶往樹蔭處躲起來。

「莫非你認識其中一人？」

「是啊，女生是我同學。」

「自己被告白雖然麻煩，不過看人告白好像有點刺激耶！」

雖然躲在一旁竊竊私語的我們，怎麼看都像可疑人士。

兩人開始交談，雖聽不到對話內容，但是看狀況，應該是硯川被找出來。說起來，她似乎跟學長分手了，如果這是事實，她準備開啟下一段戀情好像也不意外。

告白結束後，硯川和另一人各自離開了。

「呼……好緊張喔。那個女生，還挺可愛的耶，不知道結果怎樣？」

「『還挺』可愛，學姊妳這不是暗指自己更可愛嗎，是說午休快結束了。」

「你存心找架吵是吧。」

鐘聲響起，我們也就地解散。糟糕，我又忘記問學姊的名字。那人到底是誰啊？如果不是阿芙蘿黛蒂，乾脆叫雅典娜吧，反正選主流女神的名字肯定不會錯。就像是遇上認識的人卻忘記名字，只要叫田中或佐藤或鈴木，最起碼有兩成機率能答對，即使錯了，對方也會自報姓名，這又何嘗不是一種處世之道。

這時我絲毫沒有察覺。

在場還有一名學生用陰沉的眼神，看著走回教室的硯川和男同學。

第六章「拒絕的球」

時代正處於ＩＴ社會，各政府機構都在獎勵數位轉型，而我卻一大早就為張薄薄的紙片傷透腦筋，乾脆無視好了，反正鐵定是麻煩事。

就當我為這個新的麻煩來源而苦惱時，有個一派輕鬆的男人向我搭話。這傢伙就沒有煩惱嗎？

「雪兔你在幹麼？」

「有封信放在我的鞋櫃……」

「哦，是情書嗎！」

他這麼一喊，全班的視線都集中了過來。

爽朗型男你怎麼不去死一死啊啊啊啊啊！

「九重仔，你收到情書喔？」

「哪有可能，不是我自豪，我從沒受過女生歡迎。」

「這傢伙腦袋壞去了嗎？」

「我也這麼想。」「我也是喔。」「同意。」「我打從一開始就知道了。」「嘻嘻……不過他就是這一點好……」「沒問題，我也是這麼想的！」「我也是。」「投腦袋壞去一票。」「他果然有問題啊。」「還真敢說啊。」「腦袋壞去」「人渣去死。」「這該死的瘋子喵。」

「你們是哪冒出來的⁉」

吵死了——！不要弄得像SNS的主題標籤一樣！而且怎麼有個傢伙語尾像奇幻世界的居民？竟然還全場一致認同，搞什麼，原來大家都是這樣看我？我不過就想當個邊緣人，窩在角落悄悄地生活……

「所以呢，到底寫了什麼？」

「就是不知道才頭大，你覺得這像是情書嗎？」

又不是塞進鞋櫃的玩意就叫做情書，這不過就是張折成四分之一的活頁紙，內容也只簡單寫著：「放學後，請到自習室。」，連讓人湧現夢想和希望的要素都沒有。

「不過這個，是女孩子的字吧？」

「我也有這種感覺，只是看起來不像情書……」

就櫻井和峯田他們的觀察，似乎能刪除情書的可能性。所以是怎樣？這到底是什麼⁉好可怕！

「阿雪，這東西這麼可疑，不用去啦！」

「我也不想去好不好，怎麼辦。光喜你代我去吧？」

「為什麼是我去啊。算了，反正很閒，如果你堅持我也可以去看看。」

「你……真是個好傢伙，所以我才不懂，為什麼你老對我過度評價？」

「……一言難盡並不只有你啊。」

爽朗型男怎麼忽然說出如此耐人尋味的話？雖然要他去偵查也是頗具魅力的提案，但交給他人處理也是於事無補。沒辦法，放學後去看看吧！

「呃，所以妳到底是誰？」

寫信的人就站在我的眼前，而我目前唯一知道的，就是現場氛圍，絕對不像是告白那般酸甜。現場只有我們倆，感覺也不像是邀我進社團。

「我是C班的蓮村，謝謝你來赴約。」

「我需要自我介紹嗎？」

「我很清楚你的事。你不記得了嗎？我們讀同所國中。」

「不過，我們是初次見面吧？」

「不算，話雖如此，但這是第一次當面說話。」

我完全回想不起她是誰，這下更不明白她找我出來做什麼了。

「我找你出來，是有事想拜託你。」

她細長的眼瞳瞇成一線，視線似乎帶有敵意。

「我就直說了，拜託你解放汐里吧。」

我反覆思索這句話。汐里——是指神代吧。解放又是什麼意思。

她被封印了嗎？又或者被俘虜？我可不記得自己有違反國際條約。

「妳能說得清楚點嗎，解放是什麼意思？」

「汐里是我的好朋友，這全都是你的錯，只要跟你扯上關係，汐里就變得悶悶不樂的。就連現在，她也是……我實在是看不下去了！」

多麼悲痛的聲音，好朋友是嗎，聽到這我就明白了，原來是這麼回事。

她純粹是擔心神代。她看起來也不像是在說謊，我從她凜然的眼神中看到了決心，蓮村同學，是希望神代不要跟我扯上關係。

「那我該怎麼做？」

「咦？」

「妳說要解放，但我並沒有強制她做些什麼，蓮村同學妳也應該很清楚吧。我已經跟神代說過無數次了，她就是不肯跟我拉開距離，所以我到底該怎麼做？」

這提案明明是蓮村同學自己說出口的，但她卻用著懷疑的眼神看著我，她似乎為此感到困惑。

「怎麼做……難道你能接受這種結果嗎？」

「我本來就想著同一件事。我也不希望神代一直同情我。」

「不對！當時是我們捉弄汐里而已，汐里她是真心——」

「過去的事怎樣都無所謂啦，我們是在講現在的神代吧？」

「可、可是……你就這麼輕易放棄汐里？」

這句話我實在有聽沒懂。

放棄？我？放棄誰？就算不放棄，又會有什麼好事發生嗎？什麼都沒有。不論何時，我都沒有得到任何東西。

我嘗試追求，最終下場都是慘不忍睹。

想著想著我的頭又疼起來了。

「哪有什麼放棄不放棄的，我打從一開始就配不上她，誰叫我們並不是對等的。」

「汐里是為了追隨你，才選擇了這個高中。汐里明明對你好意相向，為什麼你要把那些當成謊言？這點事你總該分得出來吧！」

「不對，事情不是那樣的，蓮村同學。」

她不清楚我和神代之間發生什麼事。她是神代的好朋友，或許這是讓她得知真相的好機會。

我對她概略說明始末後，她驚慌失色說道：

「怎、怎麼會是這樣……」

「妳希望我離開神代對吧。我知道了，我再試著去跟她說說看。」

「慢著！汐里心裡肯定不是這麼想的！為什麼，怎麼會——」

蓮村同學呆站在原地，而我轉身離開自習室。

我早該跟神代說清楚了，為了彼此著想，我們應該要保持距離。

我之所以會無法貫徹，或許是覺得那段時光其實不壞。只可惜，那已是再也無法挽回的過去。

◇

嗨，大家好，我是三年幹太郎！

在下是承襲三年幹太郎這個外號的九重雪兔。

這會不會太過分了點!? 幹太郎又是什麼鬼，又不是開幹小弟，我怎麼都不知道一年級有這樣一號人物！就差我不是我橫濱海灣之星的球迷，嗚嗚……

我九重雪兔，在三年級學生會長和副會長下跪求結為砲友之後，一躍成為了全校第一的風雲人物。這謠言會不會傳得太誇張了點。

總之我因此被封為「三年幹太郎」。

先說好，我可從來沒做過那檔事，連套子都沒用過，當然也不可能辦事不戴套。學姊給的那玩意，還好好收在我的書包，畢竟得以防萬一，真的是以防萬一而已喔？我、我說真的啦！

這下，邊緣人計畫已化為泡影，我現在光是在走廊走動，就會有人竊竊私語。仔細想想，被人非難的情況跟三年寢太郎完全一致，還真是要命。

在眾目睽睽下丟臉，還被封了這種蔑稱，若不是我的精神力超越鋼鐵，如迦密石般強固，不然肯定會受到巨大創傷。就這層意義來說，幸好不是其他人受到如此對待。不過前途真是一片灰暗，我過上理想中校園生活的那天，根本是遙遙無期。

這樣下去真的不行，我只想像被放逐到邊境過著慢活的冒險者般，平淡無奇地過日子，為何就是無法如願。

不該是這樣，得想個辦法……不過，到底該怎麼做……

我正抱頭苦惱著，學生會長不知在想什麼，竟然接近我弟，還做了那般奇行，現在傳得整間學校沸沸揚揚。她似乎是磕頭向雪兔謝罪，不過真正的問題是後續發生的事。

我有預感，要是放著不管，事態會變得難以收拾。

回家後，我試圖逼問弟弟，但他卻三緘其口。他的表情僵硬，視線猶疑，他的心裡肯定壓抑著某種情緒，不願意宣洩出來。至於那是怎樣的情感，我根本無從想像。

要思考的事實在太多了，青梅竹馬、同學，現在還加了個學生會長，這間學校太多人會傷害那孩子了。

「乾脆把他帶回我班上好了。」

「悠璃，妳怎麼了？」

「不知為何，那孩子的同學見到我就會膜拜，究竟是怎麼回事啊……？」

「是說雪兔是悠璃的弟弟對吧？聽說學生會長向他下跪是真的嗎？真是個令人意想不到的超新星耶。」

「那傳言是真的？我是不太相信啦。」

「都有人拍了照片，絕對是真的啦。」

「唉……我說妳們，這可不是玩笑話，而是相當嚴肅的問題。」

我必須得守護弟弟的校園生活。我打算參加今年的學生會選舉，並改善學校，讓那孩子變得更好度過校園生活。我只能為他做到這點事，但是我非做不可。

他再次喊我姊姊的那天，真的會到來嗎？

我其實和硯川燈凪和神代汐里差不多，就只是為了這麼點微小的願望而行動。

不，我仍有自覺，我是傷害他最深的人。弟弟從未將當時發生的事說出來，而我也害怕被他人知道，一直將那件事懷藏在心。然而，事到如今才驚覺已經太遲了。

我身負不可饒恕的罪孽，害弟弟感情崩壞的人，其實就是我。

是我親手將弟弟……我視線落在雙手，當時的觸感還殘留在上頭。我甚至到現在，還會夢見他那時的表情，而他的眼神，透露出心中想法：

「啊啊，這個人也一樣啊。」

從那天起，親暱地跟在我後頭的弟弟身影消失了，他心中，也失去了對我的親愛之情。

我們失去了姊弟間的親情，他甚至把我當成外人，我們什麼都不是。

那孩子肯定不知道，我是如此擔心他吧。

——因為那天，我差點把弟弟殺了。

「我最討厭你了！消失吧！」

她鬆開了牽著我的手，眼睜睜地看我掉下去，她的眼神似是在問：「為什麼？」我無法移開視線，直視著她的雙眼。腦中疑惑瞬間就變換成達觀，我接受事實，並希望——

◇

「九重雪兔在嗎！」

我都快習慣這種劇情發展了，這老梗是想玩幾次啊！

現在我的知名度水漲船高，不只是運動社團會跑來挖角，甚至有學生把我當成攻陷了學生會長的男人，跑來找我做戀愛諮詢。竟然找從未受過女生青睞的我做戀愛諮詢，害我笑得肚子都痛了起來，該不會是便祕吧。

我怎麼可能會知道別人在想什麼，我就連自己的情緒都無法理解了，哪可能理解他人的情感。

一如往常，又有學長跑來教室找我……這人是誰？

不知不覺就認識一狗票人的男人，那就是我，九重雪兔。

「我就是，YOU跑來這班上有什麼事？」

「原來是你啊，我是三年級的火村敏郎，是籃球社的隊長。」

「我有不好的預感，對了，九重剛才跑去學生食堂。」

「你剛才不就說自己是九重了，別裝了好嗎？」

「我有什麼辦法，誰叫光聽就覺得好麻煩。」

火村學長不愧是籃球社的，體格相當不錯。不過我記得這所學校的籃球社稱不上強，甚至算得上是弱雞，畢竟外縣高中會四處招攬有才華的選手，所以這樣的強弱差異倒是見怪不怪。

「我聽百真學長說了，他一直覺得不可思議，你怎麼沒參加籃球社。」

「你們認識啊？」

「百真學長是這所學校的ＯＢ啊？你不知道嗎？」

「我不喜歡打探他人隱私所以不知道。」

「總之我就是這樣認識你的，我是來挖你入社。」

「如果我真的有心想打球，早在剛開學就入社了。」

原來如此，百真學長竟然是這裡的畢業生，仔細想想這種程度的巧合倒是經常發生，這應該算是他身為學長的體貼，也可能是純粹感到疑惑。總之，真是有夠麻煩，雖然我應該老實感謝他的關切。

「籃球社裡應該有跟我念同所國中的人吧？那些人沒來拉我入社，學長應該就知道是怎麼回事吧。」

「我也是這麼想才去問過，社團裡沒人跟你念同所國中。」

「是這樣嗎？」

「誰叫我們籃球社並不是那麼熱衷於社團活動。」

「那何必邀請我加入啊？」

真的是事到如今何必拉我入社。我參加社團不過是為了逃避現實，並不是因為抱持著信念，最後才會輕易失去熱情。我就連唯一的目標都沒有達成，半吊子地結束了社團生活，但我放棄時沒有任何想法，也沒打算再次加入，最重要的是，我根本沒特別喜歡籃球。

「九重，對我而言今年是最後的機會。我們社團確實沒特別強，也沒湊齊足以贏得優勝的戰力，但我們好歹也努力了三年，希望在最後的大賽拚盡全力，拜託你助我們一臂之力！」

「可是這說不過去吧？哪有這麼簡單就讓一年級上場——」

「先說好，我們籃球社包括我在內只有九個人。」

「咦⁉九〇年代的籃球熱潮結束了嗎！」

「現在都令和年間了。幾年前確實有流行過一陣子，主要是拜 JUMP 所賜。」

「那你們根本超弱的嘛。」

「就是因為弱，才想在最後跌破大家眼鏡啊？」

「跌破誰眼鏡啊，我可沒那種對象。」

「九重，其實我在同年級有個喜歡的對象，大賽結束後，我打算去告白，在告白前，我想讓那傢伙看到我帥氣的一面！」

「結果是為了你喔！為什麼這間學校的高年級，都會一股腦對低年級說出自己的生平？這是什麼風土病嗎？」

火村學長就是個簡單明瞭的熱血男兒，而且是個傻子，總之他直線條到想到什麼就直接去做，對我而言根本是擾民，想告白幹麼不直接去找對方。

又來了，班上同學的視線又集中在我身上。不准偷笑！你們是笑屁啊！考慮到火村學長的性格，我也大概猜到接下來會發生什麼事了。

「既然如此，九重。放學後跟我用籃球定勝負！」

火村學長根本是漫畫世界的居民。還有你「既然如此」個頭啦，前後文根本對不上啊！我完全不懂這場勝負有何意義，還有同學們，你們是在嗨三小，其中幾個人還興奮地拿起手機按個不停，他們到底是想幹麼？

「我明白了，雪兔我們上！」

「蛤？先等一下！你沒事插什麼花？」

「阿雪，來比賽吧！」

今天的巳芳也好帥啊——笑容的爽朗程度甚至比平時還增加了三〇〇%，還有這幾個傢伙怎麼擅自同意了？

咦、我的意願呢？為什麼大家都無視我擅自炒熱了起來……這違反人權了吧？現在是在霸凌嗎？

「我們就比三打三如何？班上正好有隸屬籃球社的伊藤。」

「什麼？原來隼人你也在這個班啊！」

「我就這麼沒存在感嗎……」

隸屬籃球社的伊藤（？）同學，心不甘情不願地走了過來。說實話我對他不熟，甚至連名字都沒啥印象，原來如此，他就是伊藤隼人啊！

「你們就不能放過我，自己去比嗎……」

我乏力碎念道。

手機的群組開始熱烈討論。這是個會逐一報告弟弟相關情報的神祕群組，不過因為方便，我也有加進去，雖然這群組也算是我頭痛的原因之一，弟弟本人似乎對這群組毫不知情，看來是未經許可公開他的情報。

「那孩子又……！」

自某事件發生後，弟弟就成為話題人物，就連二年級也能經常聽到他的名字。某種意義上來說，他已成了全校第一的知名人物，若非如此，也不會有人到處討論他，就連我班上，也有許多同學參加這個群組。聽說他這次，要跟籃球社的隊長在放學後比賽。

為什麼那孩子就不能安安靜靜地上學呢？

他國中時雖然全心全意集中在籃球上，但現在已徹底放棄了，我也看不出他有所留戀。之前他發出豪語說自己要加入回家社，如今卻要跟人比賽，我實在是摸不清頭緒。他沒事吧？不會又被捲入麻煩事了吧？我真的好擔心。

呵呵，真是奇怪，我哪有資格去擔心他，我早就失去了擔心他的資格不是嗎？我暗地自嘲著。

沒錯，從那一天開始，我就失去了那樣的資格——

「我最討厭你了！消失吧！」

我從公園的遊樂設施上，把弟弟推了下去。我當時分不清，這麼做代表什麼意思，只是順從自己的感情行事。當時的觸感是如此鮮明，我鬆開牽著他的手，看著弟弟的身體落下。

他看著我的眼神，傾訴著：「為什麼？」

「為什麼要做這種事？」

看著他瞳孔搖曳的光點，心頭湧上一股衝動，我忍不住大喊：「因為我討厭你！」

須臾後，傳來了鈍重的聲響，鮮血從他額頭裂開的傷口湧出，人類的血，原來是如此鮮紅美麗……我心裡抱持著毫無現實感的空虛感想。直到看見弟弟倒在地上一動也不動，我才終於回過神。

「咦……？」

我剛才，做了什麼？我不敢相信自己採取的行動。我不願意承認，這般結果是自己造成的。

我剛才，用這隻手將弟弟給——

身體被虛脫感所支配，心頭恐懼席捲而來，我的雙手顫抖、膝蓋乏力。

我從遊樂設施上慢慢爬了下來。

「雪兔……？噯、你、你沒事吧？」

沒有回應，這是我至今從未見過的重傷。那對年幼的我，是過度衝擊的景象。鮮血噴散在地面，漸漸轉變為漆黑。

「……不……為什麼……會變這樣……」

我否定眼前的現實，逃離了現場。

——最後，弟弟沒有回家。

我最喜歡弟弟了，媽媽工作繁忙，弟弟都是由我照顧。弟弟很乖，照顧起來完全不費事，而且他很黏我，媽媽也因此感到放心。可是，我和弟弟只差了一歲，說到底，我也只是個不諳世事的孩子。

我總是和弟弟在一起玩耍。雖然那並不造成我的困擾，但是我也正值建構自身人際關係的時期，當時自我意識萌芽，開始覺得世界迅速擴張。

這時，我開始覺得和弟弟在一起，成了我的重擔。

媽媽也老是在意弟弟，或許這造成我的心靈蒙上一層黑影。現在回想起來，媽媽絕對沒有偏袒弟弟，只是我渴求母愛，感到寂寞而已。

某一天，我和好朋友真希玩在一起，弟弟也在。

真希是獨子，一直希望能當姊姊，她非常寵弟弟，使我心裡充滿了疏離感。弟弟被搶走的獨占慾，以及朋友被弟弟搶走的醜陋嫉妒，種種複雜的感情交織在一起，而我無法好好消化。就在某天，我和弟弟一起回家時，事件發生了。

我將心中壓抑的情感傾巢而出，讓他的身心受到了嚴重的創傷。這或許無法光用嚴重二字帶過，我究竟有辦法否定，自己沒有殺意嗎？即使年紀還小，這仍是不可饒恕的行為。弟弟沒有回家，不安在我內心不斷膨脹。這明明是我的錯，是我一手造成的，弟弟的眼神，深深烙在我的腦海，無法揮去。

媽媽一回家，我就向她說明事情經過，畢竟瞞也瞞不住，我們急忙趕往公園，但弟弟已經不在那裡。我心想，他說不定回家了，於是在家等待，但他遲遲沒有回來。

隔天，我們向警方報案。報案完成到警方聯絡之間的時間，有如身處地獄。不過真正的地獄，是在他回來之後。

弟弟回到家，已是六天後的事了。不對，他並不是自己回來，而是警察打電話通知我們找到人了。

弟弟的面容十分憔悴，雖不清楚他到底是怎麼走的，但他人最後是在鄰市找到的。

他的額頭受了重傷、骨頭裂開。弟弟會變成這樣，全都是我害的！我後悔內疚、良心深受苛責。弟弟卻用灰暗的眼神看著我，以沙啞的聲音說：

「對不起我沒有消失。」

——咦？不對、不該是這樣！該道歉的應該是我，你什麼都沒做錯！

感情洪流逐漸汙濁，淹沒了心中千言萬語，使我一句話也說不出來。弟弟受到的，不光是肉體的傷。

所以，雪兔沒有回家是我害的？因為我叫他消失？他才打算消失在我面前？

想當然，媽媽對我大發雷霆。不過生氣的媽媽，最後抱著我痛哭。這肯定是比純粹生氣還要椎心刺骨。

那時候，我還無法理解弟弟那句話的含意。

弟弟打算從我面前消失。我只從字面意思解讀那句話，以為他只是想從我身邊離開而已。因為我當時把他推下去，這是無法被原諒的錯事，再怎麼悲傷後悔都沒用。

對當時年幼的我而言，這種程度的認知已是極限。

時機究竟是什麼時候，已經不重要了，我經歷成長，理解了人類的「死亡」後，一切產生改變。

弟弟打算去死。他所謂的消失，不是指消失在我面前，而是從這世界消失。所以他才沒有回家，即使當時弟弟，並沒有理解什麼是「死亡」，但他似乎本能地感受到也說不定。

若是再晚個一天才發現他，說不定他就會這麼死去。或者是從遊樂設施上掉下時撞到要害，可能也會當場死亡。

當我理解這件事時，被嚇得腦中一片空白。我差點親手殺了最喜歡的弟弟。差點因一時衝動奪走他的生命。

弟弟回來後徹底改變，他再也不牽我的手，也不再黏著我。那個跟在我身後，笑咪咪地喊著「姊姊」的弟弟，就此消失了，甚至，他再也沒稱我為姊姊。

想也當然，我差點殺了自己的弟弟，誰會想跟殺人犯相處，天曉得我什麼時候又會錯手殺了他，離得遠遠的才是正確選擇。不過，弟弟的眼神中沒有丁點恐懼，這使我更加困惑。若是畏懼我倒還能理解。不過弟弟的反應，就像是若有所失，又或者像是壞掉般地異常。

我對他道歉、謝罪了無數次。每當我夢見那天發生的事，看到弟弟壞掉的身影，就會不自禁向他道歉。

可惜，已經為時已晚。不論我怎麼道歉，對弟弟都沒有用。所謂的謝罪，是請求他人原諒的行為。向對方傳達自己做錯事，被對方生氣，才終於能化解恩怨，若非如此，兩人則無法向前邁進。

不過弟弟卻完全沒有生氣，他打從一開始就原諒了我。已經原諒的對象，再怎麼謝罪都無法成立。不論怎麼傳達自己做錯事，要是對方早已寬恕，那便是毫無意義。

就好像，他喪失了「憤怒」的感情一般……

他已經原諒我了，也沒有生氣，那我再怎麼道歉都是於事無補。我每次道歉，弟弟就會原諒我，話題就此告終。一切都沒變、也無法改變，而破鏡也沒辦法重圓。不論我多麼想回到原本的關係，早已原諒我的弟弟，卻再也回不去了。

我希望接受制裁、被他人譴責：「為什麼妳會做出這種事！」

我想哭著向他道歉，對他真情告白說，其實我最喜歡你。我想再一次和他成為姊弟，即使那已無法如願。

之後，弟弟的狀況變得越來越糟。每當發生什麼事，他就像是又失去了什麼似的，那模樣看起來，如同一絲絲感情從他身上剝落……

這時我才發現——如果，他喪失了一切感情，會變成什麼樣子？

和他通話時我才再次想起，他說等他高中畢業，等什麼？不用說也知道。那孩子打算從我面前消失，我可能再也無法見到他了。要是在那之前，他連「恐懼」的感情都失去的話，一定會毫不猶豫選擇自殺。

我那天說的話，至今仍如楔子，將弟弟的心靈死死釘住，無法鬆開。無法觸及弟弟內心的我，是沒辦法幫助他的。

所以我才期待她們能夠拯救弟弟，然而最後，卻以失敗告終，豈止如此，還把他傷得更深了。

我根本不該交給她們！這次就由我自己來拯救弟弟，說什麼都得做到。

「比賽籃球……他明明根本不想做這種事。」

弟弟的心境轉變，我一個都沒看漏。任何徵兆及細微的變化，我都不會放過，我再也不會把眼神從他身上移開，過去我曾放開他的手，結果就是他再也不願意觸碰我。

這次，我要是把視線移開，或許就再也見不到他了。

還是準備一下毛巾跟運動飲料好了。雖然他應該自己也會帶，但總比什麼都不做要好，國中時，弟弟打球的身影非常帥氣，說不定有機會再次看到。

我將思念懷藏在心，引頸期盼著放學到來。

◆

體育館塞滿了前來觀戰的閒人們。

「那就是傳說中的……」有人朝著我竊竊私語，還是無視為妙。突如其來的活動，降臨於一成不變的日常，總會叫人心生期待，換成是我也想當個旁觀者看戲，只可惜最大的問題，就是這場騷動是以我為中心發生的。不好意思，我能回家嗎？分明是事件核心人物，卻喊著想回家的正是我，九重雪兔。

為什麼一個回家社的學生得遭受此等對待，至今我仍無法理解。對手是火村學長帶頭的三名籃球社正選隊員。根據看事情的觀點，這場比賽也能看成是學長VS想造反的囂張學弟，我明明只想過上和平日子……

這場比賽是三打三攻守交替制，一節五分鐘X2，比賽時間十分鐘。三打三的特徵就是一開場馬上就打完了，幾乎不需要戰略。

「那麼，只要我們贏了，你們就得加入籃球社可以嗎？」

「知道了。」

「知道個頭！不要擅自幫我決定好嗎？學長你們會不會太沒品了？」

「因為我們也沒有贏的把握！要是我對籃球社有信心也不會來邀你了。」

「那我們贏的話籃球社得解散行嗎？」

「只有這個、只有這個我做不到啊啊啊啊啊!?」學長們哀號道。

實在難以理解，哪有一開始就覺得自己會輸一年級的三年級學長。先不論隸屬籃球社的伊藤，我其實也不清楚爽朗型男的能力。

「而且我沒啥幹勁，說實話贏球或輸球都沒差……」

「雪兔，我們絕對要贏！」

「我說你們，對手好歹也是正選隊員的學長好嗎？我們穩輸的好不好？」

「我們會贏。絕不可能會輸的，你說對吧？」不知為何，爽朗型男奸笑道。

「你這自信到底哪來的啊。」

沒想到我又會在學校打起籃球，我還以為再也不會有這種機會，世事真的難以預料。

我偷偷瞥向觀戰學生，發現姊姊也在其中。她竟然會特地跑來看，我猜，八成是來監督我有沒有鬧出問題。

我國中時之所以打籃球不是為了別人，純粹是為了自己。我只是想藉著打籃球，揮去失戀的打擊罷了。隊伍勝利、社團隊友，那些都無所謂。所以我總是一個人練習，因為我不是為了進步才練習，不過是想要活動身體。

二年級的夏天過去，突然有個傢伙突然找我攀談。

她就是神代汐里，那個對我假告白的人。

「奇怪？他是不是上週也有來啊？」

星期六，我看到那個人在公園球場練習，我記得他是男籃社的人，這是我第二次在這看見他，我記得，他上週也是同個時間在這裡獨自練習。第一次見到時，我並沒有放在心上，到了第二次，我卻莫名地在意起來，或許是因為我也有打籃球，才被他的存在感所吸引。

只是不知為何，他散發出的氛圍相當異常，有點拚命過了頭。

我很快就見到他第三次，那是我初次在學校見到他。雖然男籃和女籃彼此有交流，但我和他沒太多交集、也沒說過話。他到底是個怎樣的人啊？假日都會跑去自主練習，應該是個熱衷於籃球的人。

這是我對他的第一印象，和對社團活動毫無熱情的我完全不同。

我們學校的男籃並沒說特別強，為什麼要這麼努力練習？我開始對他產生興趣，視線不自覺地追逐他的身影。

這選擇說不定是錯誤的。當我注意起他，才發現他有多麼異常。他不論白天放學，甚至入夜了仍在練習，而且他總是一個人，就籃球這種團體競技而言，他的行為實在太不自然了。只有他練習能有什麼用？全隊不一起變強就沒任何意義。

我不禁想，他真是個笨蛋……但相反的，內心某處卻又覺得他十分耀眼。

後來他逐漸嶄露頭角，想也當然，畢竟社團內部有著明顯的溫度差，大家都只想開心打球，此時卻混入一個拚死練習的異類。男籃的成員肯定會感到困惑，不知如何是好。

不過，他卻視社團氛圍為無物，也不要求他人要和自己一樣努力。今天，他也是一個人默默練習。

我實在是太過好奇，忍不住向他搭話。

「噯，為什麼你要這麼努力啊？」

聊過之後，發現他也只是一個普通的男同學。不對，我一定當時就感受到，他是個健談又溫柔的人。

別看我這樣，似乎還挺受男生歡迎的，有好幾個人向我告白過。畢竟我個子高，胸部的發育也不錯，男生的視線總會盯著我的身體。

要說我自我意識過剩也沒錯，不過他卻不同。他從未對我投以下流的視線。又或者說，他根本沒認知到我這個人。我第一次向他攀談時，他竟然回了：「妳是誰？」說實話讓我有點生氣。

獨自做著沒有回報的練習究竟有什麼意義？

到底要怎麼做，他才會對我產生興趣？他對別人的興趣，淡薄到我忍不住開始思考這件事。

他的眼神是如此暗沉，像是冷漠地看著某個事物，不禁讓我想像起，他看到的世界是什麼模樣？但他的言行卻十分溫柔，這樣的奇妙反差，令我無法放他不管，這就是九重雪兔。

這樣一個人，卻讓我能夠放心與他相處，是我最珍惜的異性朋友。花不了多久時間，雪兔在我心中就化作朋友以上的存在。

不久之後，他的存在使社團發生了重大轉機。二年級的秋季大賽，男籃社戰勝強校，打進縣大賽前十六強，這是一大壯舉。過去總在地區大賽一、二輪便敗北的男籃社，竟能挺進縣大賽留下佳績，連校方都給予表揚，這幾乎是他一個人的功勞。

不過，籃球是團體運動。他一人再厲害，也會馬上迎來極限，不過這項成果，大大地轉變了男生們的想法。

只要大家一同切磋琢磨，說不定就能拿到更好的名次，男籃社內蔓延著這般期待。男生們一改過往的態度，全心全意投身於練習。雪兔一個人，就改變了整個籃球社。

他在我心中，變得不僅是同學、要好的異性朋友，而是令我有著強烈憧憬的存在。

最後那股熱情的餘波，漸漸影響了女籃社，所有人都變得比過去還要認真練習。

從那時起，我身邊的人開始在意起他，甚至也有隊友對他投以熱切的視線。那是當然的，因為他真的很帥氣。身懷黑暗，卻又無比耀眼的他，怎麼可能不吸引大家的關注。

我除了稍微抱持優越感外，也感受到不安。當時還幼稚、只懂得運動的我，還無法理解這個心情，叫做戀愛。

之後，我們的交情仍持續著。從那時開始，我已經完全喜歡上他，和他聊天會很開心，想和他在一起，這樣的心情不斷膨脹，最後清楚地讓我感受到，這就是戀愛。

於是我終於忍耐不住，將心意傳達給他。

可是，沒想到會導致那樣的結果……

從那天起，我就不斷後悔，要是沒說出口就好了。或是如果我能更加坦率，誠實面對自己的話——

「阿雪，你聽我說！今天我有重要的事要告訴你……」

「汐里，怎麼了？」

天色開始暗下來，阿雪放學後總會練習到最後一刻，回家時太陽已經下山，我決定等阿雪一起回家。

他看見我緊張的模樣，仍一如往常地溫柔，沒有多說什麼。

「我，喜歡阿雪！」

他的眼瞳微微搖曳，神情夾雜著訝異，過去我從未窺見他的心中情感，這可能是我第一次看到他露出這種表情。

我所知道的，只有他平時溫柔的模樣，還有獨身一人嚴厲練習的身影。他這時的容貌占據我的心，我也瞭解到自己將心意傳達給他了。我直視阿雪的眼睛，等待他的回覆。

「對不起，汐里。回覆能等大賽結束後再說嗎？」

這個答案出乎我的意料，不論他是答應或拒絕，我都能接受，我就是抱持著這樣的決心，才鼓起勇氣告白。但最後得到的，卻是第三種選項，「等待」。

仔細想想，對如此努力打球的阿雪而言，三年級最後的大賽，將是他這三年的集大成，肯定會想全力以赴。現在就連阿雪以外的隊員，也滿心期待著大賽，希望能夠大展拳腳一番。我完全能夠理解，他目前想集中在比賽上。

「結束後你會給我答覆嗎？」

「一定會。」

「……我知道了，我等。可是先說好，我最討厭難過的結果了！」

我無法承受害臊和尷尬，便丟下這句話跑走了。或許我內心某處期待，應該能得到不錯的答覆。因為阿雪要是不喜歡我，或對我沒任何想法，那根本沒必要保留，當場直接說出來就好了。

他卻說想要等到大賽結束，那絕對是因為阿雪需要時間來面對我。

若是這樣，阿雪肯定會給出我所期盼的答案，於是我心滿意足地朝著家裡邁步。

沒多久後，我在女生廁所前被朋友逼問，我們三人雖不同班，不過是從國小認識的朋友，至今感情依然很好。她們察覺到我最近的態度怪怪的，肯定發生了什麼事，於是咧嘴笑問說：

「汐里~妳是不是向九重同學告白了？」

「什、什麼啊!?才沒有呢！」

「那妳何必這麼慌張。」

「妳心情都寫在臉上了，九重同學倒是成天擺一副撲克臉。」

「啊——小汐的春天也終於來了！」

這是我第一次被人如此揶揄，使得我腦袋一片空白。這是我的初戀，我想好好珍惜這份甜蜜的心情，將它藏在心底，不希望任何人傷害它、拿它來開玩笑，最後我一時衝動，說出了違心之論。

「而且汐里最近總是跟他在一起，妳喜歡得也太明顯了吧？」

「才不是！我跟阿雪才不是那樣……我才不是——那是因為阿雪總是一個人，看起來很可憐我才陪他！我才沒有喜歡他……」

「所以妳不喜歡他？」

「就說不是了！我才沒有喜歡阿雪——」

我面紅耳赤地反駁咧嘴捉弄我的朋友，連自己在說什麼都分不清楚了。此時，朋友們的表情瞬間凝重起來，視線望向我身後，令我產生了不好的預感。

怎麼了？我回頭一望，阿雪從男廁走了出來。

咦？為什麼阿雪會在這？

這疑問實在是太過愚蠢，廁所這地方誰不會去？但這時的我腦中一片混亂，就連這種事都無法想到。剛才的話，被他聽到了？被誰？阿雪？我剛才說了什麼？我向阿雪告白，但我剛才卻否定了——我的思考在找不到出口的迴廊不斷轉圈。

「那、那個，九重同學……」

朋友臉色蒼白地向他搭話，但他卻像是沒注意到似的，連看都不看我們一眼便走掉了。

「怎、怎麼辦，汐里，剛才的話說不定被他聽到了！」

「都是我們的錯，都怪我們捉弄汐里……」

「妳真的沒告白吧？如果剛才說的是一時氣話，最好趕快去跟他說清楚，不然他可能會鬧脾氣。」

「小汐，如果不趕快澄清可能會出大事喔……」

「欸！等等，我——」

明知道必須做些什麼，但強烈的焦躁席捲我的全身，我怕得腳都動彈不得。

怎麼辦？該怎麼做？告訴他我剛才是在說謊？

說不定他根本就沒聽到，還是不要多事的好，不過，要是他聽到了呢？我無法得知答案，只能任由思緒被焦慮卡死空轉。

過了幾天，我依然沒向阿雪確認。表面上，阿雪一如往常，還是那麼溫柔、帥氣。可是，我卻感受到我們的距離稍微疏遠，因為那變化過度細微，並不是非常明顯，我才會覺得是自己多心了，不過是因為不安才會錯意。

最後，我所說的謊，我不知情的狀況下逐漸發酵——

「大賽快到了呢。」

「是啊。」

今天我也和阿雪一起回家。我們走在天橋上，在那之後並沒有發生任何事，我因此感到放心。

然而這卻招致失敗，假如我一開始就向他說明真相，兩人就不會漸行漸遠或是產生誤會……

「我還在等你的回覆喔！」

我沒考慮到阿雪的心情，便浮躁地說出這句話。

「回覆？」

「嗚，你不會說忘了吧？告白的回覆啦。」

阿雪的神情令我萌生一絲不安，阿雪並不會明知故問，若不是真的產生疑問，他不會做出那樣的回應。

「啊啊，那個啊。汐里，已經夠了，妳不需要再陪我了。」

「咦？」

「我並不會感到寂寞，應該說我還比較習慣一個人，我是喜歡才一個人待著，妳不需要同情我。」

「什麼……意思……」

我明白阿雪在說什麼，但他接著說出一句關鍵性的臺詞——

「汐里，妳不用逼自己陪不喜歡的人沒關係。」

這時的阿雪也和以往相同，視線和聲調全無變化，不過他的語言中，夾帶了明確的拒絕。

「沒想到妳會做假告白這種無聊的事。」

阿雪平淡地說出，就好像心情沒有任何變化一般。

他果然聽到了！早知道當時老實跟他澄清就好了！

我急忙想向他傳達真正的心意，但強烈的後悔席捲全身，我難以發出聲音。

「汐里，如果妳想聽我的答覆，那答案是ＮＯ。」

「不要！不對、不是那樣的阿雪！那個不是我的真心話——!?」

「跟我這種人回家對汐里……不，對神代也很困擾吧。這種事就到今天為止吧。」

神代？我們之間的感情，就好像回到了初次對話的時候。

不要，不是那樣的！我是真心喜歡阿雪，我沒有假告白——

我將手伸向淡然地前進的阿雪，然而慌張的我，卻沒發現自己的步伐踩空，本該在腳下的階梯不見，我不聽使喚的腳被拋在半空中，平衡感消失，最後我的身體順從地心引力，筆直地落向地面——

「汐里⁉」

他叫了我的名字，即使是在這種狀況下，我仍感到開心。不過，身體卻停不下來，當我察覺時，阿雪已抱住了我，我們一起跌落階梯。

著地後我確認身體安危，似乎沒有受傷，我被某人保護了，那人只有可能是阿雪。阿雪，對了、阿雪呢⁉

阿雪成了我的墊背保護了我。

「汐里，妳沒事吧……！」他以細微苦悶的聲音說道。

太好了，他還有意識，阿雪也沒事！我開心沒多久，便看到了，阿雪的右手呈現難以置信的扭曲形狀。

我也有在運動，一眼就看出那代表什麼意思。

阿雪的右手骨折，而大賽即在眼前。

——阿雪，不可能出賽了。

我的髮型嘛，真要說就跟散切頭（註2）沒兩樣吧，不過拍拍我的頭，也不會發出

註2　日本諺語，拍拍散切頭便會聽到文明開化的聲音。散切頭意指剪斷丁髷西化。

文化開明的聲音。總而言之，我為何要打籃球呢，純粹是因為羞恥心，我想要徹底忘記，自己那足以犯下羞恥誤會的愚蠢。

畢竟我可是蠢到自以為跟兒時玩伴兩情相悅，打算跟她告白時，她卻先交了男朋友還甩掉我呢？總之，我真的是大受打擊。

沒多久，硯川和學長感情迅速升溫。哪像我，根本不記得自己最後一次握硯川手是什麼時候，說不定其實壓根沒握過，更別提接吻了，總之我們沒做過更進一步的事。

所以對於那個輕易和對方跨越一線的兒時玩伴，我僅感到難以言喻的虛無。

我開始自暴自棄地想：「啊啊，果然還是變成這樣……」

我每一天都感受內心的空洞逐漸變大。即使想填補，也不知該如何是好，感情像是底部破掉的水桶，不論如何往裡頭注水都無法填滿，最後只會逐漸溢出、消磨殆盡。

我對這樣的日子並不感到恐懼。不過，理性卻告訴我不能就此放棄。

於是我開始努力參與社團、練習籃球，我一心一意練球，只為了填補內心的空洞，為此我設立了一個目標。

我打算將最後的大賽當作踏板，向前邁進。當時，我還保留著「喜歡」硯川的感情。不過，我已知道那是無法達成的願望，事到如今再抱持這種情緒也沒用，於是我訂立目標，藉此切割這份心意。

慢慢地，自己不只是「喜歡」的感情，甚至連對他人的「好感」也會一併消失，當我察覺這件事時，我已經無法理解那份心情了。我感受到自己一天天壞去，而為了否定這一點，我更加投入在籃球上。

這時有個人接近了我，那就是神代汐里。

我們很快地變得友好，某天，神代對我告白，但那其實是假告白。即使知道是假的，也無所謂，我不僅沒受到打擊，甚至還感到放心。

反正最後的大賽不結束，一切都無法開始，只要我心中那個名叫硯川燈凪的人不消失，我也無法面對神代。

所以我才決定保留答案，等到大賽結束，我才能夠前進。

可是，我卻在大賽前夕骨折無法出賽，一切功虧一簣，最終我的心情懸在空中、無法整理，這又使我內心更接近毀壞。

那時候，如果我有順利出賽，一切會有所改變嗎？我又能取回什麼東西呢？答案已經無從知曉，至少，我和神代之間的關係，在那時就已經得出了答案。

「這顆球氣不太足啊，再多充點氣比較好。」

我試著運球，發現球的反彈有點弱。把我捲進這個事件的爽朗型男，實力究竟如何呢？我颼的一聲傳球給光喜，他看似驚慌地接了下來，接著咧嘴一笑，瞬間鑽過學長們的防守灌籃得分，好強大的身體素質。

全場女生歡呼喝采，人帥也太詐了吧？每次只要抓準機會表現就能海賺女生好感。

攻守交替，輪到學長們進攻。我馬上就察覺，學長們的實力不怎麼樣，一年級和三年級的體格有著巨大差異，即使如此，我們還是能輕取對手。他們身材高大，動作卻不夠熟練，光觀察視線，就能分辨他們打算採取何種行動。這就是這所學校的籃球社水準，被說是弱小也完全能理解。

只要防止學長快攻，他們便急得胡亂投籃，我方搶下籃板，再次攻守交替。這次我向伊藤同學傳球，他漏接並慌張地追球。依我看——

「我們能不能打到這就算了？」

「那怎麼行，當然得繼續打下去。」

「可是這怎麼想都是我們穩贏了……」

「是嗎？鹿死誰手還不知道吧？」

「想不知道都難吧。是說光喜，看你的動作完全是有練過籃球的吧。」

「你現在才發現喔，你都不知道我至今抱持著怎樣的心情……」

我自認是會念書的類型，但我最不擅長的，就是國文裡「請回答作者的心情？」這類蠻不講理的題目。我在答案紙寫上「正心浮氣躁趕著上廁所？」，卻被老師念說不准亂寫。實在難以理解……我又不是心理學家，哪可能知道作者在想什麼東東！

我看根本不需要打滿兩節。對手練習量跟技術完全不足，實在太弱了，籃球可不是光靠塊頭大就能贏的運動。唉……我不禁咳聲嘆氣，雖然打從一開始就沒有幹勁，但現在心情更是徹底跌到谷底。

我隨興投籃，球像被吸引般鑽入籃框。此時周圍再也沒有發出歡呼聲了，幾分鐘前氣氛明明還很熱絡，如今那股狂熱早已煙消霧散。

死寂支配著放學後的體育館，這根本是單方面輾壓，實在沒什麼好看的。

「有夠無聊……」

我完全沒發現，在場全員聽了這句話後表情僵硬、嘴角抽動。

「既然如此，雪兔，下一節跟我比一比吧。」

爽朗型男的尖銳眼神，直射在我身上。

好久沒感受到這股皮膚刺痛的緊張感了，讓我感到十分舒暢。

我絕不會放過這個等待已久的機會，老實說，連我都覺得自己很蠢，老是拘泥這件事又能怎樣。

「即使如此，我還是期盼著這個瞬間。」

對我，巳芳光喜而言，眼前的這個男人是獨一無二的，是我夢寐以求才終於邂逅，有如戀人般的存在。

有許多運動社團邀我加入，我喜歡運動，國中時期之所以選擇打籃球，單純是不想在夏天練習時，還得跑去戶外給太陽烤。我從一年級開始，就被提拔成正選隊員大展身手。

我們的籃球社實力很強，是足以在縣大賽擠進前幾名的強校。不是我自傲，我有著優異運動神經是不爭的事實。正因為如此，我見到那個男人時，才徹底被他震撼。

事情發生得非常突然，時值地區大賽，對手是名不見經傳的弱校，連資料都沒必要看。我們的目標是全國大賽，地區大賽不過是踏板罷了。面對這種沒人在意的對手，任誰都覺得我們會大分差取勝，事情本該是這樣。但開場數分鐘後，我們就像是見鬼似地趴倒在球場上。

那個男人用著黑暗深沉、不流露一絲情感的眼神睥睨我們，明明是打得分後衛，卻支配著全場。所有行動都穿不過他的防守，傳球會被抄截，假動作都無法使他上鉤。傳球時也完全看不出有任何預備動作，明明盯著他手中的球看，一走神，球就從他手上消失傳出了。體力也跟怪物一樣，一滴汗都沒流，就把我們的投籃一個個蓋掉。而且不論他得了多少分，都看不出有分毫喜色，就好像是一臺沒有感情的機器，默默地重複得分這個指令，怎麼想都不正常。

奇怪的還不只是如此。他隊上，只有他一個人能力突出，其他人則實力平平，隊伍強弱過度不平衡。即使找出這個勝機，我們早已無心再戰。我第一次感受到壓倒性敗北以及屈辱的滋味。

我們算什麼強校，還敢妄想打進全國大賽。我感受到奇恥大辱，只要不打敗這個男人，我們就絕對不可能進軍全國。學長們的夢想就這麼結束了，他們緊握雙拳、顫抖落淚。我不甘心，這是我第一次強烈感受到，不想輸給他人。

於是我開始認真面對籃球。當時我被選為隊長，我的目標，就是打倒那個男人，不光是我，這成了我們籃球社的共同目標。

我們意氣風發地迎接了三年級最後的大賽，但他卻沒有出現。我們打進全國大賽，在第三輪敗北。學校的人們以「壯舉」、「勢不可擋」、「大捷而歸」形容我們這次的成績。

但籃球社的人卻無法接受這個結果，我們沒有打倒那個男人，即使進軍全國，那又如何。我們輸給他，而且永遠失去從他手中取勝的機會。

最後在因緣際會下，我又再次遇見了他，這令我不禁相信起命運的存在。多麼奇妙，他竟然跟我讀同所高中，還是同班同學，而且他是個超乎想像的有趣人物。

他的個性荒唐，卻又令人無法將他放著不管，我甚至開始懷疑，他真的是那個九重雪兔？

直到接下剛才的傳球，我才終於確定，手中殘留的觸感告訴我，他就是擊潰我的那個男人。

我冷顫不止，全身因歡喜沸騰，我想再次與他交手，我想成為九重雪兔的隊友，和他一起打球。這個氛圍，和當時完全一樣。這個男人的球技能消除一切事物，不論是對手的鬥心，還是場外的歡呼聲援，最終只剩下寂靜支配球場。

我沒將視線從球上移開，但球卻消失一般突然傳向我，讓我頓時慌了一下，只能說伊藤會漏接也是無可厚非。一切就跟當時相同，我無法揣測他的思考，也無法感受他的情緒，沒用的，光憑學長絕對無法阻擋他。此時雪兔碎念道：

「有夠無聊……」

是啊，說得沒錯，你肯定感到無趣吧。但我不想錯失這個機會，我還想再和這個男人打球，於是我——

「既然如此，雪兔，下一節跟我比一比吧。」

巳芳同學忽然對阿雪下了戰帖，為什麼會變成這樣？巳芳同學不是跟阿雪同隊嗎？這個疑問一浮現，又馬上消失了，只因阿雪再次站在球場上，令我無心理會其他事情。

打街籃很開心，不過他應該待的地方果然是在這裡。

我過去犯下種種悔事，摧毀了阿雪的未來。

我以為阿雪上高中後會繼續打籃球，但他卻選擇了回家社。

「噯，為什麼你要這麼努力啊？」

過去，我曾問過他這個問題。答案令我意外，即使是難以啟齒的話題，他仍稀鬆平常地回答了我。

他告訴我，他被兒時玩伴甩了，打球是為了揮別那份心意。

我向他告白時，他希望我等到最後的大賽結束，那一定是阿雪決定的目標，他想藉由那次大賽，整理心中情緒。

但那個機會卻被我給剝奪了，都怪我，是我的愚蠢造成的結果。

那麼阿雪心中的情緒，令他如此投身於籃球的情緒，如今去了哪呢？

他被奪走了向前邁進的機會，那份尚未理清的情緒，說不定從當時，就依舊冰封在他心裡。

「啥？光喜你瘋了嗎？別以為人帥做什麼事都能被原諒。」

「反正這樣打下去也很無聊啊。」

「無聊又怎樣，我今天跟朋友約好回去要一起玩。」

「少來，你哪來的朋友！」

「喂喂喂，你這花花公子開什麼玩笑，我可是認識冰見山小姐這位美魔女呢。」

「這……算朋友嗎……？」

「不過嘛，她那對我來說算是危險地帶，所以我也沒打算去。」

「那不就是沒有約嗎！你不要年紀輕輕就對熟女產生性趣好不好……」

「誰叫我沒女人緣，事到如今只能找熟女了。」

「嗯——雖然我想極力否定，不過算了。學長，我現在加進你們那隊，請找個人頂替我吧，這樣下去你們會輸喔。」

「喂、喂，你們別自說自話，哪能這樣搞啊。」
「反正繼續打下去學長們也不可能贏啊，拜託啦！」
「沒想到會被一年級的打得這麼慘。好吧，我跟你換。」
「謝謝學長！」
「那我加入你們這隊吧。」
「為什麼大家都無視我的意願亂搞？」我實在難以理解。
「你還算好了，我打從一開始就被無視耶？」伊藤同學說道。
「你……？就算了吧。」
「為啥啊⁉」
伊藤同學人還挺有趣的。雙方談妥後，光喜轉身面向我。臉上顯露的不是平時那副爽朗型男笑，而是猙獰的笑容，我甚至能感受到他的鬥志。真是的，這傢伙這麼好勝，幹麼待在回家社。
「雪兔，我這次一定要贏你！」
「你性格有這麼熱血嗎？」
「我想和你一起打籃球。」
「我並不想打。」
「可是，如果是你——！」
「不好意思，我只能辜負你的期待。」

光喜表情蒙上一層哀愁，他呼地吐了一口氣，接著說道：

「那麼雪兔，如果我贏了，我就要收下神代！」

全場瞬間靜了下來。半晌後，全場哀鴻遍野。神代則是其中最困惑的一人。

「這這這這、這是怎麼回事、巳芳同學⁉」

哦——原來光喜喜歡神代啊，兩人都是體育會系，還是俊男美女，說不定挺配的。至少比起整天纏著我來得健全。如果對象是這爽朗型男，也不會有人提意見吧。

至少神代的好朋友蓮村同學應該會就此放心。

「太好了呢神代，光喜可是個好傢伙喔。」

「……欸？」

「喂、雪兔！你真的能接受嗎⁉」

「你請便。」

為什麼說出要收下神代的爽朗型男，反而是最慌張的那個人？況且真要說的話，這關我啥事？你們倆自己搞定不就成了，何必打什麼比賽。

「這樣你跟我比賽還有任何意義嗎？」

「雪兔，為什麼你沒有察覺！你真的什麼都感覺不到嗎？不管是神代，還是硯川，你看著她們的態度就沒有任何想法嗎？」

「不懂你說什麼，總之你跟神代好好相處。」

「雪兔，為什麼你要拒絕一切？」

拒絕？什麼事？還是誰？我果然聽不懂爽朗型男在說什麼。

回想起來，硯川和神代都對我謊言相向，我根本不可能懂她們真正的想法，況且現在的我也不可能理解了。

我拒絕別人？不對吧，我才是被拒絕的那個人。不論是母親、姊姊、兒時玩伴、同學甚至學長，任誰都在拒絕我。我不被任何人需要、也沒有容身之處，大家要求對我的要求，只有消失而已。

從來沒有人對我好意相向，有的都只有「拒絕」。拒絕一切的並不是我，不可能是我。是我被拒絕，而我——

「——真的是這樣？」我心中傳來聲音。

那不是同情你，她的告白不是謊言，神代在那天，確實說出喜歡我——

一股鈍重刺痛襲向我的大腦。這感覺好熟悉，我好像失去了某種重要的東西，心中空洞再次擴大。

又好像聽到乓啷一聲，有什麼東西摔壞似的。

算了，都無所謂啦！

我放棄了一切，反正都搞不懂，想再多也沒用。

在眾人對ＷＨＯ喪失信任的當下，決定不相信任何國際機構的男人，就是我——九重雪兔。在這聯合國也無法相信的世道，個人又有什麼拿來證明自己的信用。這世上充滿毒害，連想說的都無法說出口，對我說謊又有何好處？為什麼要說謊？沒人能夠答覆我，我也想不出答案，去思考真相謊言什麼的，根本是自尋煩惱。

話雖如此，支持同學的戀愛應該是正確的行動吧。巳芳光喜肯定是個好傢伙，既然如此，我該做的事只有一件。

「好吧，如果我贏了這場勝負，你們就不要再和我扯上關係。」

「什麼？」

「阿雪……你說什麼……」

「接下來能否順利交往只能看你們倆，不過那跟我沒關係，只要不跟我扯上關係，就不會被捲進這種麻煩事。我也不會加入籃球社，萬事解決！」

「慢著，為什麼你總是——」

「馬上開打吧。」

這樣神代和爽朗型男就不必顧慮我，能夠好好加深彼此的感情。哼，想不到從沒交過女朋友的我，竟然還得當別人的邱比特，真是不幸。

「九重，這樣的比賽我可無法奉陪。」

「雖然不知道你們在吵什麼，但你這種態度，我們可是不會幫忙喔？」

伊藤同學和學長對我指責道，並以責難的眼神看著我。沒錯，就是這個眼神，這才是他人看我的眼神。被這種眼神盯著，令我感到悠然自得、無比放心。他們不會想再與我扯上關係，就像是肯定我這個人的存在，不，應該是否定才對，這才是面對我這個陰沉邊緣人應有的態度。

「那好啊，我自己打。」

「喂，九重。你不要以為自己有點強就——」

「你們到旁邊休息吧。」

我緩緩運球，場外觀眾也露出相同困惑的神情，不過對我而言，這倒是一如往常，每當我進行籃球比賽時，會場總是不知不覺變得靜悄悄的。如同盯著珍禽異獸的眼神，直刺在我身上，反正每次都這樣，完全不必在意——本該是這樣的。

「等一下！我要加入阿雪那隊！」

神代那凜然宏亮的聲音響徹球場。

我實在坐立難安，最後便選擇衝進球場。我不想讓阿雪獨自戰鬥，這股衝動促使我採取行動，連我也被自己大膽的行為嚇到。

「妳在說什麼啊神代⁉」

「對不起，巳芳同學，不過謝謝。」

「我知道把妳捲進來是我不對，可是這傢伙——」

巳芳露出迷惘、困惑、痛苦的表情。雖然他忽然說出那種話，讓我感到十分訝異，如今他打錯了如意算盤，相信這是巳芳同學以他的方式在關心我。

「嗯，我知道。」

我轉身面對阿雪。

「就跟先前一樣，我們一起打球吧，阿雪。」

多麼罪孽深重的臺詞，我竟然白費了阿雪想疏遠我的貼心。我已經多久沒有發自內心笑出來了。與阿雪和學長們一起在公園打球、歡笑的那段時光，在我心中閃閃發亮。現在，我要再次傳達自己的心意。

「妳有聽到我說的話嗎？」

「我沒有資格接近阿雪，這種事我知道，不過，我還是很高興。」

「高興？」

阿雪眉心微微皺起，他果然還留有感情。

「不論出於何種原因，只要我能成為阿雪打球的理由……這樣就夠了。」

即使他拒絕我，只要阿雪能再次站在球場上，而且理由是我，那我就別無所求了。當時，對著阿雪的失望罵聲，本該由我承受才對。我再也不希望，有人用那種眼神看著阿雪。

「所以……我……希望阿雪能贏——」

不論如何被阿雪討厭，我都再也不會討厭阿雪。如果他想遠去，我就追上。我不會放棄，即使這份心意無法傳達，我也要待在他身邊，這就是我的任性。

——阿雪的手驟然碰了我的臉頰。

「覺得高興就別哭。」

「咦……？真、真的耶，好丟臉，啊哈哈。」

我自己摸了才驚覺，原來淚水已從眼眶溢出。

「對不起，怎麼辦——停不下來。」

「如果是爽朗型男，一定不會讓妳悲傷哭泣。」

「……畢竟巳芳同學很溫柔嘛。」

「他可是連不動產公司看了都驚呆的優良物件，是人都會搶著要，換做是他一定能讓妳幸福。」

「即使如此，我還是喜歡阿雪。不是其他人，而是阿雪你。」

我清晰地說出一字一句，緊張屏息的外圍觀眾，似乎是聽見我們的對話，便開始交頭接耳。不過，那一點也不重要。我再也無法壓抑高亢的情緒，我不會再否定自己的心意，不論多少次，我都會說給他聽。

阿雪看似難受，我急忙上前撐住他的身體，一瞬間，他溫柔地制止了我。我見到阿雪此時的表情，不禁屏息凝神。

「唉……為什麼會變成這樣……神代——汐里，一起打吧。」

「嗯、嗯！」

「首先把那個成天吹噓自己不看電視的傢伙打趴了。」

「我什麼時候講過這種話了……」

巳芳同學困惑地吐槽，他也為阿雪恢復成平時難以捉摸的態度感到安心。阿雪根本沒辦法壞人演到底，他對別人總是太過溫柔。

「光喜，總之先不管那些有的沒的條件了。我來陪你玩玩。」

「雪兔，你……！」

「呃……你們別自說自話，籃球社的事要怎麼辦啊？」

「你去問經理吧。」雪兔回覆道。

「哈哈，這也……太扯了……練成這樣還是贏不了嗎可惡！」

毋庸置疑的敗北，讓我自然地笑了出來。

三對三除了打滿限制時間外，只要先搶到二十一分就贏了。計分牌上的分數比，顯示出我們被輕取這項事實，令我戰慄不已。

即使努力練習，打進全國取得佳績，我還是無法觸及到他。至於雪兔早已離開現場，他打完便一臉無趣地早早回家了。

他還是那堵高牆，這令我感到無限雀躍。我調整呼吸、撫平瑟瑟發抖的手臂。我輕易地敗給了他，完全不是對手，即使如此，我還是滿懷欣喜、興奮得欲罷不能，想要冷靜下來根本是不可能。

不過比起這個，已芳更加在意其他的事，為什麼這個朋友不願意與人攜手前行，為何要拒人於千里之外，不與他人扯上關係。

「神代，我之前也問過妳，為什麼雪兔沒有參加三年級的大賽？」

憑他的實力，不可能被踢出正選，唯一的可能性，就是他出了意外無法出賽。之前神代敷衍了我，這次她終於說出答案。

「當時阿雪骨折了。」

「原來是受傷啊……」

「那……都是我的錯。是我說了謊，才害阿雪……」

體育館只留下我們倆，圍觀群眾早已解散。

「為什麼他會壞得這麼徹底啊……」

「拿去，給你喝。」

「付妳一百五十圓。」

姊姊將運動飲料遞給我，而我拿出千元鈔交給她，找錢就免了，剩下的就當作是姊姊溫柔對我的服務費，或是當陪我放學的費用也行。跟姊姊放學一起回家，就是有這般價值，而姊姊一如往常露出詫異的表情。

我難得能和姊姊一起回家，不過真要說的話，這次說是我被她硬拉著回家比較正確。話雖如此，能和美女姊姊走在一起實在是十分爽快，這或許是我唯一能拿來自豪的事。

「你之後要加入社團？打球開心嗎？」

「不，很無聊。還有，我是邊緣人所以不會參加社團。」

「是嗎？」

明明是姊姊自己問的，她的回答卻好像覺得怎樣都無所謂，不過這確實不關姊姊的事，因此我也不太在意。姊姊提這些問題，肯定不是因為對我產生興趣，只是擔心話題中斷才問的，好溫柔，悠璃根本天使。

「是說米迦勒怎麼突然找我一起回家？」

「蛤？」

「沒事，當我沒說。」

米迦勒（姊姊）看似心情不好，又或者是天使這個層級拿來形容她，實在是太低了，這完全是我的過失，未來就用大天使來尊稱她吧。只是我和姊姊完全沒有共通話題，馬上就沒話聊了。即使想問「今天天氣如何？」之類無關痛癢的話題，如今都已經黃昏了，實在沒必要管什麼天氣。

「上學開心嗎？」

「開心……開心嗎……嗯──」

「這需要猶豫嗎？」

「大概，不怎麼開心吧。」

「是喔。」

兩人再次陷入沉默，有夠尷尬的關係。不過，這樣就夠了，我不能太過接近姊姊。不然又會發生當時那樣的狀況。

「你高中畢業後，打算做什麼？」

「做什麼……是什麼意思？」

真是曖昧不清的問題。突然問我未來出路實在有點困擾，這麼說來，我一直不擅長應付這類的問題。將來的夢想、想做的事、對什麼有所憧憬之類的，我總是無法認真給予答案，這些問題，我甚至連想都沒想過。想升學？就職？她是想問這些嗎？

「天曉得？」

「這算什麼答案。」

我也只能這樣回答。霎時間，手中感受到溫暖，雖然稍微比我稍微冷些，但這是人體的溫度。不知何時，我的手被姊姊握住了，這是什麼意思？表現出絕不讓你逃走的鋼鐵意志？又或者是想代替手銬？

「不要走。」

「走去哪？」

「哪都別去，待在我身邊。」

姊姊到底想說什麼？我實在難以理解，我週末並沒有預定要去旅行，根本是閒到有剩。當然也沒打算跟人出去玩，誰叫我是邊緣人！假日跟朋友出去玩，那是只有現充才會幹的事。

「雪兔。」

「嗯？」

為什麼要抱住我？？？這是怎樣？發生什麼事？她就這麼想拘束我，不讓我逃走

嗎？是說我又能逃到哪？她誤以為我是逃犯之類的東西？

「不論我說了多少次都不夠，對不起。我看了今天的你，變得好害怕，擔心一切都太遲了。但即使是這樣——」

「悠璃？」

「不要從我面前消失，不要傷害你自己，不要疏遠周遭，我想待在你身邊，大家都很喜歡你。」

「不用說謊了。」

「我沒說謊。」

姊姊不知道在胡扯些什麼，難不成她以為我正傷心難過？怎麼可能會有這種事，我的撲克臉傳說可是不勝枚舉，不只是扮鬼臉從沒輸過，我這張鐵面皮，可是連兒時玩伴硯川也從沒見我笑過。我並沒有感到失落，也沒有感情起伏，所以才感到混亂。

她為什麼要說這種謊？

因為、因為姊姊她——

「妳不是說過最討厭我？」

「我最喜歡你了。」

唇瓣感受到輕柔的觸感。為什麼，我會被姊姊親？

第七章「海市蜃樓的燈火」

「我懂了，原來悠璃是個婊子！」

我的疑問終於得到解答。為何姊姊會突然親我，我思考了整晚，依然沒有想到答案，於是我來到學校仍不斷思索，終於給我想出了結果，也就是九重琉璃婊子說。

過去從未聽說姊姊和其他人交往，不過像她那樣的美女，肯定很有男人緣，別說有過一兩個男朋友，就是交了十幾二十幾任我都不意外，或許這就是傳說中的清純系婊子。雖然不經意察覺了姊姊不為人知的一面，但我是不會因此改變對她的態度，姊姊妳就安心吧！

「這次的考試，只有我們班的平均分數遙遙領先，雖然身為班導應該感到自豪，但總覺得有點可怕啊。」

小百合老師一臉困惑說道，並將考卷發還給大家，黃金週即在眼前。

平均分數會高那是理所當然。我們班連日召開讀書會，且參加者日益增多。就連神代好像都拿到了不錯的成績。我倒是一如往常，考試什麼的，對我而言堪稱兒戲。抱歉，我騙人的。我只是想試著說說看堪稱兒戲，聽起來很帥不是嗎？

聽了別大吃一驚，我這次拿到了學年第三名。先說好，我頭腦不算是特別好，不過是因為我這可悲的孤狼學生，沒什麼值得一提的興趣，回到家除了健身跟念書外沒其他事可做罷了。

「你連念書也這麼在行啊。」

「你怎麼還找我說話啊爽朗型男。」

為什麼這傢伙還是照樣找我說話？那場比賽到底算什麼？平白無故跟人打了場籃球，結果竟是白費功夫。

「別這麼冷淡嘛，不過雪兔你可真行啊，我才十名而已。」

「十名就夠好了吧。」

「由你說出口怎麼聽都像是諷刺。」

「你有空找我說話，不如去跟神代搞好關係。」

「你再說下去，就是我也會感到火大喔。」

「你是不是血清素攝取不足？多攝取些豆類或乳製品比較好喔。」

「這就是天上人的對話啊，小紀。」

「這兩人會不會太扯了點!?我還差點考不及格耶……」

「別管什麼考試了！是說，大家在黃金週要不要出去玩啊？」

伊莉莎白她們有說有笑地向我搭話。黃金週？是指春季假期啊，雖然沒必要重申一遍，總之就是長期連假。按照過往的經驗來看，每年這個時間，我將如浦島太郎一般，被雪華阿姨綁回她的龍宮城接受款待。誰叫不去她就直接哭給我看，我當然只能就範。

「聽到沒光喜，她們在邀你喔，真是的，就是這樣我才討厭現充。」

「她們也有約你好不好。」

「啥？哪有同學會約我這陰沉邊緣人？你少在那邊給我開玩笑了。」

「我們也有約九重同學啦！」

「不是吧，真的假的……？」

「有必要嚇得瞠目結舌嗎⁉況且哪有人會這麼明目張膽地排擠人！」

「啊啊，我懂了！妳會晚點再私底下排擠我是吧！不愧是伊莉莎白，啊哈哈哈哈。」

「我才不會那麼做好嗎⁉」

「沒事沒事，那種事我早就習慣了！儘管排擠我沒問題！」

伊莉莎白嚇傻了，真奇怪啊，我只是貼心地告訴她不必為我這種人費心，到底是哪出了問題。有我這種人在，只會把空氣搞差，現在這情況剛好就證明了這點，每當我說什麼話，現場空氣大致上都會變這樣。這就是我九重雪兔，PM二・五的代名詞。把我說是這個班上的室內粉塵也不為過，我要求在我面前設置一臺HEPA空氣清淨機。

「九重仔，你討厭和我們一起出去玩嗎？」

「沒有啊，不過是要去哪裡玩？」

「就是大家一起思考這點才有趣啊！」

峯田美紀不論言行外觀，都是時下流行的辣妹，換言之，很有可能是個婊子。既然如此，說不定她和姊姊有什麼共通點。很遺憾的，我是邊緣人、不是婊子，實在無法理解婊子的行動原理，不過如果是峯田，說不定就會知道姊姊為何會那麼做。

「是說峯田，妳是婊子嗎？」

「什、什麼⁉九重仔好過分！我才不是那麼輕浮的女人！」

「什麼，我搞錯了嗎？是我失言了，對不起。」

「呃、那個……你這麼老實向我道歉，我反而不知該怎麼回應……你怎麼會問這個啊？」

「我有件事想問妳。」

「這……難道是……」

峯田面紅耳赤地小聲嘟囔：「問我是不是婊子，意思是想問那種事？」然而全被我聽光了。不過，她說的那種事，究竟是指哪種事啊！我完全不懂她在說些什麼，即使偷聽到也完全沒用。

「前陣子，悠璃——我姊突然親了我，我想峯田可能會知道，那代表什麼意思。」

班上陷入一陣沉默，接著悲鳴便響徹整間教室。

欸，怎麼了⁉發生什麼事⁉

視線不斷刺在我身上，動物園裡的動物們就是這種感受嗎？

在二年級教室被當成動物對待的男人，那便是我——九重雪兔。

中午，悠璃下達指令要我去她班上。她的傳呼幾乎是半強制性，沒有拒絕的權利。悠璃就像是常任理事國，而我是非常任理事國，這世界毫無公理可言。

我坐在悠璃旁邊，正對面的則是兩位女學生，似乎是姊姊的朋友。

不過，教室的所有學生都在偷聽我們的對話。啊，這不跟我們班上一樣嗎！

「妳就是傳說中的悠璃弟啊——你們長得不太像耶。」

「我深有同感，我也經常懷疑這件事。」

「你喔，之間對媽媽這樣講害她都哭了，怎麼還學不乖啊？」

「就是啊學姊，請不要說這麼沒禮貌的話！」

啊，姊姊是真的生氣了。反正我沒什麼自我主張跟信念，要變節也在所不辭。

「你怎麼翻臉比翻書還快啊……是說，雖然有一堆事想問你，但首先是這個，關於學生會長的事，有多少是真的？」

莫非這是我破除謠言的大好機會？

二年級的發言，遠比一年級學生來得有影響力，最重要的是悠璃也在場，她的發言將會以事實傳達下去，這是千載難逢的好機會。

「真是的，大家聽到的謠言都扭曲過頭了啦，情報應該要正確傳達下去才行啊。聽好了，祁堂會長啊，她不是下跪求跟我結為砲友，而是她下跪之後，才說要當砲友——」

「什麼!?」

悠璃的憤怒立即達到了顛峰，那表情跟鬼沒兩樣。

「那個，悠璃弟啊。你說的……跟謠言有什麼不同嗎？」

「當然有啊。呃…………前因後果之類的？」

「那不就幾乎都是事實了！」

教室裡怎麼吵成一片？處處能聽到有人講：「真的假的……」

「那個女人！我要馬上把她拉下來，現在就開始做不信任投票的準備……」

「等等喔？會長好像從沒提過砲友的事。」我回想起當時狀況。

「說、說得也對！真是嚇得我一身冷汗，只有那個會長，不可能會說出這種話。

搞什麼嘛，結果謠言到底是謠言，這下終於安心了！」

「對啊，我想起來了，會長是要我跟她做才對。」

「那不就跟謠言一樣了！她分明就有說啊！這下連說是誤會的餘地都沒有了嘛！」

「這下午休時的衝擊事實終於水落石出了……該拿現在這氣氛怎麼辦啊……」

學長姊們別說是偷聽了，索性直接拿椅子朝這邊坐著，各位聽眾大家好。

「所以，悠璃弟你覺得呢？」

「老實說，我覺得贏會長的機率大概五五波，畢竟兩人都是美女。」

「蛤？」

「在下不會輸給誘惑。」
「你已經有我了不是嗎？」
「是。」
我絲毫沒有發言的自由，就連憲法也無法保護我。
「欸，是說，悠璃在家都是什麼樣子？你知道嗎？她可是很受歡迎呢。」
「在下知道。」
「……這哪有什麼好高興的。」
「又來了，每次都一副『我對那種事沒有興趣』的態度，有夠討厭。」
悠璃的朋友開始笑著捉弄她。
「悠璃受大家喜愛又有人氣的話，我也會很開心啊？」
「——！沒錯，我可是深受大家喜愛。今後你也好好期待吧！」
「我看……悠璃的弱點根本就是弟弟吧？」
雖然學姊似乎傻眼了，但姊姊根本不可能有弱點。
「所以呢，她在家都什麼樣子？」
「悠璃在家喔？這個嘛，好一點就是穿內衣——」
「你要是再多嘴，我今天就去你床上睡喔，要是不想——」
「好一點就是穿內衣喝牛奶吧。」
「!?」

悠璃露出了難以置信的驚愕神情。

悠璃要去我床上睡的話，我今天就在客廳沙發睡好了。反正沒理由拒絕，偶爾睡在不同的地方也挺新鮮的。

「啊哈哈哈！悠璃發育這麼好的原因是這個啊？悠璃弟好有趣喔！」

我想應該只是遺傳。

「沒想到你就這麼想跟我一起睡……我知道了，我會準備好再過去。」

「嗯？」

總覺得有點牛頭不對馬嘴，算了，常有的事。

「話說回來，這下子社群軟體又會熱鬧一陣子了。最近大家幾乎都在聊悠璃弟的話題。」

「是這樣嗎？」

「你不知道喔？你可是超顯眼的。」

「我從不用SNS或加群組，也不搞自搜。」

「這孩子幾乎不看手機的。」

「嘿——這年頭還真難得耶？不過這樣也好，有些內容你看了可能會大受打擊。不過，悠璃弟看起來神經挺大條的，應該不會有事。」

「畢竟網路上，大家不論好事壞事都會拿出來講。跟你聊天很有趣喔，下次再來玩吧？」

「是說你覺得穿睡衣比較好嗎？不穿也行喔。」悠璃問道。
「我不太懂這個問題的用意。」
凡是人都喜歡謠言，畢竟這是亙古不變的娛樂。
而謠言越傳越偏離事實，也是十分常見的事。
最後大家分不清真假，也讓人失去辯白的餘地。
所謂的謠言，是一頭無法駕馭的怪物。
不論傳播時夾雜的是好奇心、抑或是惡意等感情，最終都將化作恐懼。
——並讓謠言的對象，身負難癒的傷痛。

◇

現實中的學校，其實相當無聊。學生會握有龐大的權力，新聞社成天寫些八卦雜誌般的報導，就連別上臂章的風紀委員，也不會為了讓大家遵守校規而費盡心力。幕後黑手更不可能是教頭，這個妨害名譽真的是有夠過分，是能當什麼的幕後黑手。
日常生活中，並不會發生這麼多事件，然而今天卻不同。
就在我一面揉眼試圖抹去睡意，一面走進教室時，發現教室內吵雜不已。
在這沉重的空氣中，眾人同時將視線轉到我身上。好恐怖！
「啊，九重仔早。」

「雪兔，等你好久了！」

難得見到爽朗型男如此慌張。

峯田、櫻井、高橋也紛紛圍到我的桌邊。

「九重你和硯川讀同所國中吧？如果是你可能知道些什麼。」

「硯川同學幾乎不提自己的事，所以我們才想，等九重同學來再問你。」

「發生什麼事了？」

「你果然不知道啊，你看這個。」

光喜滑了滑手機畫面，並將螢幕給我看，我看了不禁皺起眉頭。

「現在是要搞種姓下剋上嗎？」

「這些是昨天突然冒出來的。」

畫面上的文字充滿了針對硯川燈凪的誹謗中傷，甚至還把她國中時期的事拿出來講，而且這恐怕是硯川不想被人提及的過去。雖然多半都是些一看就知道是謠言的東西，不過在這龐大的情報中，也有我不清楚的事。

「硯川腳踏兩條船？我聽說她跟學長分手了……」

「你知道些什麼嗎？」

「我從本人那邊聽說的，聽起來也不像是說謊。」

「果然都是謠言啊。」

裡面甚至有著夾雜私怨的幼稚言論。到底一切都是刻意造假，還是其中包含了一絲真實，這些除了本人之外無從得知。但至少能看出，寫出這些言論的人物，對硯川帶有恨意，這倒是千真萬確。

「……硯川同學應該沒事吧。」

「都什麼年代了，造謠這種遜砲行為早過時了好嗎？」

「竟敢做這麼無聊的事，怎麼辦，九重？」

「你問我又有什麼用……最後還是得看硯川本人啊。」

大家是不是問錯對象了？拿硯川的事來問我，是要我做何反應……

雖然這做法確實惡質，就惡作劇而言手法也確實拙劣。雖不知道硯川做何感想，但這些畢竟不是直接對她出手，要無視也不是做不到。

雖然無法保證無視了，事情是否會就此告終，但起碼會使對方繼續造謠增添風險，到時候就有機會給犯人明確的處罰。至於到底是誰想陷害硯川，是臨時起意還是認真的，這些我都還無從得知。

不過——

「犯人就在這群人裡！」

我高聲宣言，班上所有人都不禁為之一震。我想也是，對不起。

「咦、咦？是真的嗎阿雪⁉」

「我只是想說說看這句臺詞，不過看來，應該不是在這班上。」

「蛤？這又是為什——」

確實最可疑的肯定是同班同學，不過硯川不是會淪為霸凌目標的類型，更沒有製造敵人。

況且她還和爽朗型男同為全班級的中心，也就是我的天敵——嗨咖軍團的成員。若是貿然對她出手，說不定會反遭全班排擠。

「總之，也只能先去問硯川了。」

「說得也是……那就拜託你了，九重仔。」

「——嗯？為什麼是我？欸，真的要我去問？」

我歪頭提問，卻被人拍了拍我的背。所以為什麼是我去啊！

然而，這個疑問卻是白提了。

硯川因身體不舒服請假。

「拜託你了，九重。」

「我真的不行。」

我被叫去教師辦公室，班導將講義影本交給我。當然不是給我的，而是要給硯川。

「反正你放學後很閒，這點小事就幫個忙吧。反正你們讀同所國中，感情應該不錯吧。」

休息兩天，講義的量還不算少。不過，老師不只是為了這件事才找我。

「拜託你了，我已經確認了一部分狀況，硯川願意積極談話的對象只有你了，我也無法把她放著不管。如果對方還是繼續造謠，我也會想辦法應對。」

小百合老師的想法確實有道理，但我仍難以點頭答應。

「就算妳這麼講，不行的事真的就是不行。」

「為什麼你要這麼堅持？我是不清楚你們的關係，有什麼特別的理由嗎？」

「我被硯川家下了驅逐令。」

「驅逐令!?」

沒錯，就是驅逐令。在我國二時，硯川燈凪的母親茜阿姨當著我的面，禁止我再次進入硯川家。過去我們雖有家族之間交流，但她當時卻清楚說出「你不要再來了」。想當年我還曾被邀請參加她們家的聖誕晚會，如今已成了懷念的回憶。總而言之，雖然我想幫上老師的忙，但現實並不允許我這麼做，我說真的喔？

「你到底幹了什麼好事啊……」

「那是見解上的差異。」

禁止進入的理由，是我辜負了茜阿姨的期待。

這件事，就連燈凪和妹妹燈織都不知道，是我和茜阿姨之間的祕密。

「啊啊，真是的！就說了現在只能依賴你啊，雖然不知道你為什麼被下驅逐令，總之趁這個機會去道個歉吧，然後順便找硯川打聽一下。拜託啦，我請你喝咖啡就是了。」

老師硬是把講義塞給我，並用一百圓將我收買。老師，妳忘了消費稅。

◆

多虧那個任性教師，我最後還是逼不得已來到這裡。

「說起來，我已經有兩年沒來這了。」

我停在門牌上寫著「硯川」的玄關前，上次我就是在這裡被請回去。

真討厭啊……怎麼辦，老實說我完全不想進去。乾脆直接把講義塞進信箱就回去吧，這樣不行嗎？我一邊祈禱「拜託，起碼讓燈凪或燈織出來應門」，一邊按下門鈴。

「……是，請問是哪位？」

「非常抱歉——！」

我一見到開門的人物，便當場下跪。事到如今只能先下手為強，全憑氣勢闖關了！

「茜阿姨好久不見！您今天還是一樣美麗動人。沒有啦，這不是妳想的那樣。我明明都拒絕了，班導卻說什麼都要我來，我絕不是忘了跟茜阿姨之間的約定。沒事的，以後我必定會徹底執行，所以這次就請您大人有大量放我一馬。說起來您還是這麼漂亮。啊，這是學校講義跟果凍的組合禮包。班上同學也很擔心她，那麼烏鴉也快叫了，我這就回去。」

「雪兔。」

奇怪，我怎麼走不了？我只想著早點打完招呼就撤退，卻沒注意到制服衣領被抓住了。我戰戰兢兢地回過頭，發現茜阿姨面露微笑、臉冒青筋。

「你・到・底・在・做・什・麼？」

「我、我怕打擾妳們太久想先走一步……」

她氣炸了，看來剛才拍馬屁似乎沒效。

茜阿姨外觀非常年輕，乍看之下只會以為她是硯川三姊妹的長女，她是個非常為女兒著想的母親，也不難理解她會對我下驅逐令。

「我說你喔……唉，總之謝謝你拿講義過來。說實話——我沒想到會是你來。」

「我也是，我想大概也只會來今天這次而已，真的是非常抱歉。」

我再次深深一鞠躬，都怪我令她感到不快。然而茜阿姨的眼神卻變得更加犀利。

「你是憑自己的想法來到這？」

「不，我剛才也說過，是班導硬是叫我來的。我沒打算來這，也有好好拒絕過她，畢竟我們約法三章了。」

「……是嗎？我果然不希望你來。」

「是。」

「——為什麼你總是！……沒事，你別在意。那孩子明天就會康復，下次她休假時，你也不用幫她拿講義了。」

「讓您費心了。」

「再見，雪兔。」

茜阿姨的表情一瞬間產生扭曲，又倏地變了回來。這樣就夠了，約定必須得遵守。

她靜靜關上了大門，沒打算目送我。

我差點任憑衝動狠狠罵他一頓，他還是完全沒變，實在可憎。

真是無聊至極，那個約定根本打從一開始就不存在，他應該瞭解才對。

只要他說自己是來見女兒的，或是說因為擔心才來找她，我便會開心地把他迎進門，甚至邀他留下來吃晚餐，再和他開開心心地聊天。

他今天來，我其實很高興，那孩子知道了肯定也會打起精神。

沒想到他卻說不是自己願意來的？真的是這樣嗎？他們過去感情那麼好，如今卻沒有任何想法了嗎？我真的不明白，我不懂他腦中到底在想些什麼。

我知道，女兒確實有錯。結果她自己遭受報應也是沒辦法的事。

正是因為如此，我才希望雪兔說出來。下次會幫助她、會保護她，再也不將她放手。

我知道這是家長的私心，但我依然希望聽他親口說出，這樣我才能安心。結果他面對我的試探，竟毫無異議地接受，並放棄了一切。

從此之後，他就如我所說的一樣，再也沒來到這個家。

燈凪最近不知在學校發生了什麼事，終於重拾笑容，還變得格外開朗，當我以為她終於看開的這個時候，她突然就說身體不舒服，並把自己關在房間不出來。

「──啊、慢著！燈織！」

燈織察覺到雪兔來了，便從我身旁鑽過，奪門而出。

糟了，萬一燈織發現是我叫雪兔不准來家裡，她肯定會氣炸。

關於這點，燈凪也是一樣，她們姊妹還在鬧冷戰，這說不定會再次點燃戰火。那時的燈織真的好恐怖，就連老公看了也驚慌失措，不知該如何安撫她。

我不禁頭痛了起來，真是傷腦筋，看來這個家包含我在內的所有人，都成天念著女兒的這位青梅竹馬。

「哥哥！」

「咦、燈織？」

我轉頭捕捉到她的身影，有這麼一瞬間還以為是硯川燈凪。

但是不可能，因為這世上會叫我哥哥的只有一人。

燈凪的妹妹燈織飛奔過來抱住我。她和姊姊燈凪，都有著與茜阿姨神似的美貌面容，但燈織並不單純是燈凪的２Ｐ色，而是她也充滿著獨有的魅力，且留有國中生的未脫稚氣。

「哥哥，我好想你喔！」

「好久不見，給妳糖吃。」

「好耶！」

我從口袋中取出糖果遞給燈織，仔細想想這樣子跟鄰家大嬸沒兩樣。

「妳追著我過來的？」

「嗯，我感受到了哥哥的氣息。」

「妳是什麼武術達人嗎？」

她說出了像是武術大師會講的話……還氣息咧。

「你來給姊姊探病？為什麼不進她房間？」

「女孩子的房間哪能說進就進去，而且我只是送學校講義過來。」

我沒提及驅逐令的事，燈織聽了肯定會生氣。

「姊姊的話，肯定會隨時歡迎你啊？」

雖然路上沒什麼行人，但還是希望她別一直抱著我。

「啊、對了，燈織，聽說妳跟燈凪吵架了？」

「咦……啊、嗯……啊哈哈，你聽姊姊說了？」

「她好像為此煩惱。」

「那是姊姊自作自受——而且我還沒原諒她呢。」

臉上掛著笑容的燈織，表情逐漸陰沉。

「但是，事情不光是如此，姊姊好像又為某些事感到痛苦難受。」

「有這麼嚴重？」

「嗯，她從昨天就一直沒出房門。哥哥知道發生什麼事嗎？」

「我大概猜得到。」

燈織抱住我的力道變得越來越強。

「哥哥，我覺得姊姊真的很差勁，她根本是個大笨蛋。不過，你能不能幫幫她呢？姊姊現在，只相信哥哥一個人，我希望你能再一次幫助姊姊。」

「我不認為她期盼這種事情發生。」

「為什麼？才不可能呢，姊姊無時無刻都等待著哥哥。因為，姊姊一直對哥哥……」

她以認真的眼神直視我，這麼說來，燈凪也說過同樣的話。

然而我否定了她所說的一切——並當作沒聽到。

「當然，我也是喔？」

真是個小惡魔，個性直率的燈織，說不定比她姊還要難纏。

啊啊真拿妳們沒辦法！這畢竟是燈織的請求，誰叫我是溫柔體貼的哥哥。

我回家洗完澡，學習告一段落後確認時鐘，距離就寢時間還早，硯川應該還醒著。

我下定決心撥打電話，想不到這麼短期間會聯絡她兩次。

『……雪兔？』

我聽說她深受打擊，沒想到一下就接了電話。

不過光聽她的聲音，似乎十分憔悴。雖然我的精神力如精金石般堅固，但並非所有人都是如此。被如此顯而易見的惡意攻擊，正常人都會意志消沉深感疲憊。

「妳現在正在向人求助，沒錯吧？」

『……咦？什麼意思……』

「我就直說了，我會在一週內解決一切，所以妳明天就給我來上學。」

『為什麼……雪兔會……為什麼……？』

「硯川，我之前也說過了，碰到困難時若不求助，是不會有人知道的，不要什麼事都獨自承受。妳有家人，也有朋友可以依賴，大家都在擔心妳。」

她的聲調變低，話語中交織著抽噎聲。

『為什麼事情會變成這樣……我明明下定決心，這次不會再犯錯了……』

我一語不發，仔細聽著她傾訴心聲。

『之前，我被人告白了……不過，我有好好拒絕對方……因為我不願意再次背叛自己……我希望能變得堅強，即使不必偽裝自己，也能站在你身邊支持你。我想和你在一起，但我卻……』

硯川吐露出心中懷藏的想法。

她原原本本地流露出感情，並開始思考。

『我能問一個問題嗎？』

「問吧。」

「如果……那些謠言是真的，雪兔還會幫我嗎？」

「是不是真的有關係嗎？」

希望不可能會實現，期待也不會結果。

在追求不斷地落空之後，我決定放棄。

即使如此，如果他人有求於我，我仍會回應對方。

我想相信，自己依然存在著這點程度的價值。

『……我不要，我不想再被人用那種眼光看待，不想再被過去拘束……我不想離開雪兔，也不想偽裝自己！我一定會變得堅強，我說到做到。所以，拜託你。這是我最後的請求……我會與弱小的自己訣別，所以讓我最後一次拜託你……小雪——』

我靜靜等候，直到她說出那句——彷彿是說給自己聽的話語。

「——救我！」

「保重身體，早點睡。」

我掛斷電話，看來明天有得忙了。

真不可思議，我一直以為，我們倆不會再有任何交集了。

打從那天，她把我的手甩開的瞬間。

◇

「這怎麼可能！」
「好過分……連阿雪都……」
巳芳光喜感到憤慨，但抱持這種想法的人並不只有巳芳。
班上所有人同樣是眉頭深鎖，而當事人硯川燈凪的表情更是鐵青。
這起告發，是從昨晚傳開的。
我急忙聯絡雪兔，他卻沒有回覆。現在不只是硯川受害，這實在是不可原諒，已經超過惡作劇的限度了，我說什麼都要跟雪兔聯手把犯人逮到。
正當巳芳在心中起誓，事件的中心人物，便一如往常地走進教室，從他難以捉摸的撲克臉上，根本無法看出他是否知道這件事。
「雪兔！你快看這個！」
九重雪兔身邊，圍繞著好幾名學生。而九重雪兔看了畫面後，整個人也僵住了。
「你看，這是昨天流出的謠言，這真的是不可原諒！竟然說是九重仔做的！」
「怎麼辦，雪兔？要找老師商量嗎？」
任誰看了都不會相信，太過愚蠢了。

——散布硯川燈凪謠言的人是九重雪兔。

這起告發實在是充滿衝擊性。為了報復國中時期被硯川燈凪甩掉，於是對她散布各種謠言中傷誹謗的人，正是硯川的兒時玩伴九重雪兔。

還不光是如此——九重雪兔還對姊姊九重悠璃出手，最後被斷絕關係。

這些謠言就好比純粹以惡意堆砌而成，充滿了煽動性的詞句，一切都像是為了陷害九重雪兔這個人的齷齪手段。

然而這樣的謊言太過粗劣，完全沒有被思考其真實性的價值。

就只是充滿攻擊性，不成文體的低俗八卦。

「雪兔……不要……為什麼……這樣、這樣下去連你也會——！」

硯川燈凪搖搖晃晃地走到九重雪兔面前，她哭得眼球布滿血絲，連眼眶都紅腫起來。

很明顯地，她是對此事抱有最強烈的憤怒以及哀傷。

整個班上的人都知道，硯川燈凪對九重雪兔抱有好感，所以這種會破壞兩人感情的謠言，著實不可饒恕。

雪兔肯定會展開行動，他可不是會乖乖受人欺凌的傢伙。

這是班上眾人的共同認知，根本沒人把這些告發當真。

「為、為什麼會……不對！這不是我做的！」

「你、你怎麼了，雪兔？」
眾人第一次看見雪兔如此驚慌失措的模樣，便開始低聲議論。
「雪兔不行！我並不希望你——！」
「硯川，妳要相信我！我真的沒做這種事！」
九重雪兔大聲蓋過硯川的話，飛也似地逃出教室。
他穿過幾個在走廊看戲的圍觀者，最後消失得不見人影。
巳芳目睹雪兔的反應，心中產生一股揮之不去的不協調感。
「那個白痴……這次又想幹麼？」
「我從沒看過這樣的雪兔……」
「九重仔好像深受打擊呢。」
「原來是這樣！峯田妳說到重點了！」
這就是不協調的原因。察覺真相的巳芳面向硯川說道：
「那個從來不看ＳＮＳ的防彈玻璃心男，哪有可能為這種事受到打擊。還敢給我演戲，硯川，我沒說錯吧？」
硯川聽了巳芳的提問，身體為之一顫。
當下這個瞬間，只有硯川燈凪察覺到，九重雪兔到底想做什麼。
她緊握雙拳心想，自己老是受他保護。
（……雪兔，你之前說過。不要獨自承受——要多仰賴大家。對不起，都怪我，讓你這麼痛苦，但是我無法再讓你……獨自承受這些了。）

乞求協助的人是自己。而硯川也討厭自己的弱小，這樣只是依附在他的溫柔上，單方面利用他而已。硯川對自己如此沒用，只能採取這種手段感到生氣。

雖然硯川燈凪並非完全理解，不過，她也察覺到某些事情。

謠言裡，包含了只有硯川燈凪和九重雪兔才知道的事實。

她為此踟躕不前，深怕親手破壞了九重雪兔為自己所做的一切。

若是糟蹋了，便是否定他的覺悟。但即使如此——

（……我也要堅強起來。不論被過去糾纏不清，還是無法和他在一起，我都已經受夠了。）

所以，我要傳達給他。一定沒問題的。其實，大家都很喜歡他。

「對不起，大家。我有話想跟你們說。」

「硯川同學？」

這就是硯川燈凪的覺悟。

一位不斷犯錯的少女，決意伸手奪回一切的意志所散發出的光輝。

在她歷經懊悔，仍祈願能夠回到過去。

直到現在，她才終於發現，自己不該回去，而是向前邁進。

她所陳述的事實，令班上同學如凍結般愣住。

九重雪兔是校內知名人物，其有名的程度，硯川燈凪根本無法相提並論。
加上他的事蹟都是最近才剛發生，使得謠言轉眼間便擴散開來。

◇

「呼哈哈哈哈哈！」
「別一本正經地高聲大笑，超噁心的。」
爽朗型男竟吐槽我噁心，但我心情正好就原諒他吧。
事發一週。我每天仍持續散布九重雪兔的惡名。
沒錯，其實真正的犯人就是我，可惜最後實在沒東西好寫，使得謠言內容變得相當隨便，這就是我想像力的極限了。
『和學生會長是砲友』、『把同學當作寵物母狗看待』、『對年長女性進行媽媽活賺錢』，到此為止都還算正經，『貼海報用圖釘把牆弄得坑坑洞洞的人渣』、『喜歡甜食的人渣』、『去便利商店買東西，一定會要塑膠袋』，一看就知道寫到沒梗了。不過多虧我腳踏實地的苦幹，我現在已成了全校第一的人渣。
我沒日沒夜地火上加油，讓汽油隨時處於滿檔狀態。
甚至連壞事穿幫那一天，我還急忙逃進保健室後早退回家，再散布自己東窗事發狼狽竄逃的謠言，使得整起事件看起來更加貼近事實。雖然整天搞這種自導自演，實在不像是學生該做的事。

不知是否被我的人渣行為給嚇到，這一週除了爽朗型男外的同學，幾乎沒跟我說話。這才像是邊緣人應有的姿態啊。

相信各位看官都已經明白了吧，我利用犯人匿名造謠這點，把他的所有罪行通通扛下。

最後再用我的謠言重新覆蓋上去，降低大家對硯川謠言的關注度，這就是我的目的。

而一切將在今天畫下句點。昨晚，我散布了最後一則謠言。

也就是**九重雪兔威脅了佐藤小春**——這則謠言。

「九重！」

一名隔壁班的男生闖進教室怒吼，並衝到我面前拽住我的前襟。

接著只要我被他揍一拳，事情便會圓滿結束。

名為九重雪兔的邪惡被消滅，而正義獲得勝利。【完】↑接著八成會出現這樣的字幕。

這才是世人所期待的懲惡除奸，相信所有人看了心裡都會無比暢快。

這名男生的名字叫宮原秀一，他是佐藤小春的童年玩伴。

說實話，問題在第二天左右就已經解決了。

一開始在ＳＮＳ上散布硯川燈凪謠言的人，是一名叫佐藤小春的女學生。

她哭著跑來向我謝罪，她本來是打算攻擊硯川燈凪，卻不知被誰從中搗亂，最後還害與事件毫無牽連的我被當作犯人，甚至被徹底貶低中傷，從她的角度來看，心中肯定是難以言喻的恐怖。

即使她想繼續造謠攻擊硯川，只要無法公開真名，最後都會被當作我所犯下的罪行。

況且佐藤小春為此深深感到後悔，打從第一次造謠後，她就沒有持續下去了。她受罪惡感譴責，正當她考慮要向硯川坦白謝罪時，就發生了後續的事件。

聽了她的告白後我也苦惱，就這麼結束真的好嗎？

佐藤小春和宮原秀一是童年玩伴，但宮原秀一的心漸漸不在佐藤小春身上。國中時期，加入田徑社的宮原秀一感受到自身才能的極限，以受傷為由放棄了田徑。

佐藤小春則為此感到不滿，對她而言，宮原秀一這名童年玩伴，是她的英雄。即使他不是成績優異的選手也無所謂，她純粹是憧憬著宮原全心全意練習田徑的身影，最終這份憧憬，昇華成了戀心，她希望宮原秀一，永遠維持帥氣英雄的形象。

不過，宮原秀一卻對不斷催促自己回去練田徑的佐藤小春感到厭煩，漸漸與她拉開距離。最後，宮原秀一有了新的邂逅，他對硯川燈凪告白了。

我和女神學姊一起偷窺的那天，對硯川告白的人就是宮原秀一。

事後佐藤小春調查了硯川的事，並得知了她的過去，接著避免宮原秀一被搶走而採取行動。

不過，這筆代價相當大，硯川又再次受傷了。

於是我想了個劃時代的解決辦法，那就是散布自己的惡評，雖然我中途開始感到有趣，忍不住徹底造謠，但其實都是多此一舉。

最終，在我的惡評徹底散布出去後，再放出我威脅了佐藤小春的謠言。

效果相當顯著，宮原秀一擔心佐藤小春，並為了拯救她挺身而出。

這兩人到底是童年玩伴，即使關係疏遠了，也發自內心珍惜對方，宮原秀一絕不會對她見死不救。

這齣鬧劇並不需要真相，因為宮原秀一**還來得及挽回**。

心中浮現起難得的愉悅，我在宮原秀一耳邊，以醜惡的呢喃細語煽動他。

這樣就夠了，這才是正確答案。接下來，只要我這個萬惡的根源，受到因果報應便萬事解決——

「小秀住手！這種事我果然還是做不到！」

發聲者正是佐藤小春，她以悲愴聲調制止怒不可抑的宮原秀一。

◆

「對不起，九重！我知道這種事再怎麼道歉都沒用，可是，真的很對不起！」
「硯川同學、九重同學，對不起！」
怪怪——？為什麼事情會變這樣……
我籌備已久的計畫輕易就被破壞，盤算也徹底落空。
事件以意想不到的結果草草落幕，但也沒轍。
反正目的基本上都已達成，我之所以阻止佐藤向硯川謝罪，都是為了這個瞬間，也就是必須將宮原秀一給牽扯進來。
若是在那時，事件就在硯川和佐藤兩人之間收場，佐藤恐怕會被罪惡感壓垮，並對宮原秀一隱瞞自己所做的一切，之後她或許再無法面對宮原，只能選擇帶著這份後悔度過一生。
「所以呢，終於結束了？你可要從頭說明清楚啊，雪兔。」
哪有什麼說不說明的，一切就是我九重雪兔對硯川燈凪採取的報復。
「就當作是我做的不就好了？」
「怎麼可能會好，我們都聽硯川說了。」
「硯川？」
「你就這麼信不過我們嗎？我們有這麼沒用嗎？別以為每次你都能獨自搞定所有

事，少得意忘形了。」

「這麼做是因為對我也有好處好不好。」

我知道自己傲慢、蠻橫又恣意妄為，這種手段，光喜他們不一定能夠接受，即使如此，我還是盡我所能將事情處理妥善了。

只要流出是我為了報復硯川甩掉我的假消息，所有的謠言將會失去真實性，沒人知道哪些才是真相，硯川的過去將變得曖昧不清，相信也不會有人想多瞭解。

硯川的過去，將成為只有她一人知道的不可侵犯領域。

然而，我的目的不只如此，這個計畫還有一個巨大的優點。

「宮原，我有一個請求。」

「什、什麼事？什麼都能說！只要是我能做到的，我都會去做！」

「你加入田徑社。」

「這……你這傢伙真是……！」

嗚……宮原同學兩眼發亮往我這看，但不好意思，我這麼要求不是因為善意。

至今不斷有運動社團邀我加入，其中最煩的就屬田徑社。

我只是想拿這個田徑實力不錯的宮原秀一當代罪羔羊！

咦？你問爽朗型男跟神代怎麼辦？我哪知，他們自己搞定吧。

如此一來不光是硯川的事，就連佐藤小春跟停滯不前的宮原秀一，問題也一併解決了。

最重要的莫過於，不會再有人接近惡評纏身的我，這下我終於能回去過寧靜安穩的邊緣人日子，跟這陣子喧鬧不堪的校園生活說再見了。

話說回來，安撫火冒三丈的悠璃真的是讓我傷透腦筋，事到如今，撕了我的嘴也不敢對她說那是我自導自演。

雖然最後功虧一簣，但我這劃時代的計畫別說是一箭雙鵰，甚至都打下五鵰了。

這一切多虧我那如山銅般的最強精神力才有可能達成，沒有任何人吃虧，一切圓滿結束，太完美了。喵哈哈哈哈哈哈！

事情就此落幕——只可惜，她不允許就這麼結束。

「硯硯，妳還不回去喔？」

「別用那麼奇怪的稱呼叫我！……我在等人。」

放學後，小百合老師向我打聽事情經過兼說教，結束後我回到教室，發現硯川獨自留下。

教室在夕陽照耀下，有如披上一片紅紗，而她的瞳孔也被染成了緋色。

好懷念的感覺，這麼說來，過去好像也發生過類似的事。

對了，那一天也是這樣，而她——

一陣刺痛竄過我的大腦，八成是累積太多疲勞，真想補充點甜食。

「哼——在等人啊，別太晚回家喔。」

「什麼意思？我是在等雪兔你。」

「——等我？」

「那個……謝謝你。」

「我只做了些妳最討厭的事。」

「呵呵，是啊，真的是這樣，我最討厭雪兔了。」

兩人陷入沉默，曾幾何時，我們不再如過往共度相同的時間。

不對，就連那樣的過去是否存在，都可能只是我會錯意。

「我對妳做了很過分的事，抱歉。」

「……嗯。」

「已經不會有人再去打探妳的過去了。」

「……嗯。」

我不知道硯川到底畏懼過去發生的什麼事。

畢竟全心投入籃球的那個時期，我根本沒有關注硯川。

如果她感到痛苦，我或許有察覺的機會，不過，我始終丟下了她。

我和宮原秀一不同，所以茜阿姨不原諒我，那是她身為母親應該做的事。

「妳可要找個好對象啊，找個茜阿姨看得上眼的男人。」

「…………」

硯川已經沒事了，她終於能抬頭挺胸在陽光下前進。

也不會有像我這樣的討厭鬼接近她，她應該待在適合自己的地方。

「────嗯────!?」

視線突然轉暗，須臾之間，腦中變得空白。

硯川的臉，近在能感受到彼此呼吸的距離。

我想出聲卻無法做到──因為雙唇被塞住了。

「……好遠。我們過去總是在一起，現在竟變得難以觸及。」

兩人的唇瓣慢慢分開，肺部為渴求新鮮空氣而反覆收縮。

「……妳……做什麼……」

「──那天，我心中的燈火熄滅了，只能隻身一人走在漆黑的路上，我凍得全身發抖，只想著追趕溫暖的你。你知道為什麼我會讀這所高中嗎？是櫻花阿姨告訴我的──如果是問悠璃學姊，她肯定不會告訴我。」

硯川面露苦笑，她滔滔不斷地表達心中話語，緋色的瞳孔不斷搖曳，散發出耀眼的光輝。

「拜託，請你來我家。」

──眼前站的這個人，並不是我所認識的硯川燈凪。

「姊姊，再不快點要沒時間了啦？聽到沒？」

「嗯、嗯。」

「哥哥一定沒問題的，我們已經約好了。」

這已經不知道是妹妹燈織第幾次幫我了，曾有一段時間我們的關係降到冰點，全家都怪我背叛了雪兔。當時不只妹妹，連爸媽都生氣了。

我的雙親都認識雪兔，而且非常寵愛他。我們家小孩只有我和燈織兩姊妹，而爸爸似乎一直想要個兒子，於是他便把雪兔當親兒子般看待，兩人還經常一起玩傳接球。當時我們的關係就是這麼地好，總是玩在一起。

我喜歡雪兔，是全家人周知的事。

所以，大家才不肯原諒我背叛他。而引發的一連串事件，將我打入地獄受苦。

我第一次被雙親狠狠罵了一頓，不過，這對我而言是必須的，若是沒人罵我，我實在難以接受。

「我們學校都在傳哥哥的話題喔，說是有個不好惹的高一生。」

「那絕對是在講雪兔沒錯。」

燈織小我兩歲，現在讀國二，她似乎打算和我考同所高中。

謠言能傳到燈織學校的高一學生，肯定只有雪兔。我們才高中入學沒過多久，九重雪兔的名聲就已經傳遍各處，甚至有人特地跑到班上見他一眼。

「姊姊，妳真的沒做對吧？」

「才沒有！我哪有可能做那種事！」

「如果妳騙人，那我就跟妳絕交喔。妳這樣不止背叛哥哥，還背叛了自己，竟然獻給那種差勁透頂的人，那才真的是汙穢到令人作嘔。」

「這個我最清楚好不好！」

「都怪姊姊傷害了哥哥，他才不到我們家玩，人家明明想請他教我念書，不過哥哥變了好多喔，我感覺到，他跟我們的距離比以前還要離得更遠。這樣下去會不會有一天，我們跟哥哥變成陌生人啊。」

「燈織，青梅竹馬，到底算是什麼呢……」

我真心討厭自己，任性、愚蠢，令人作嘔。每次都給他添麻煩、讓他困擾，最後又傷害、背叛了他。即便如此，他還是幫了我。

最終——奇蹟發生了，真叫人難以置信。

就好像施了魔法似的，他一瞬間就拯救了我。

他說的謊言，讓我的過去，成為曖昧不清的訊息，最後溶解在時間之中。

不過，我實在無法再看他說出違心之論，甚至傷害自己。

雪兔的惡評一日日傳開來，讓我如坐針氈。

那樣的行為，就好像是掏出自己的心，再親手將它千刀萬剮。

這種事凡人根本難以忍受，更何況是他親手所為。

我不明白，刻意散布謠言誹謗中傷自己，到底有何意義。

……這肯定只有他自己知道。

當時，我滿腦子只想著自己的事，根本無從得知雪兔處於何種狀態，也沒有打算知道。

我向櫻花阿姨打聽雪兔的志願校時，櫻花阿姨稍微向我透露了他的事。

我聽得淚水停不下來，我明明和他在一起這麼久，卻完全不瞭解他。

雪兔之所以變成那樣，並不光是我的錯。不過，這並不構成我的免罪符，而我的心情也沒有因此感到輕鬆。

反而是傷害他的罪惡感增加了，我甚至害怕看見即將崩潰的他。我再也不想讓自己後悔，但是，卻比以前還要痛苦。因為我也是一名加害者，是傷害他的其中一人。

不論結果如何，要是我無法面對他，就無法向前邁進，即使被他討厭、拒絕，我也得將心意傳達給他。

「——我要改變，不是別人，而是我所希望成為的自己，這次我一定會拯救你。」

我沒有背叛，我沒有將身心交給其他人。

他這麼做根本是自我懲戒，這樣下去，終有一天他會消失在所有人面前。

我悄聲呢喃，不要再逃了，即使害怕被他討厭，也不要再拿這件事逃避。

——這就是，硯川燈凪的真實。

「誠實面對自己，硯川燈凪。不要再懷抱傷害他人的惡意，青梅竹馬是敗犬女主角，即使如此，我依然，我依然——」

我依然，是如此喜歡著他。

這份心意是停不下來的。

「雪兔，等你好久了。」

「我前陣子才惹她生氣耶……」

「怎麼了？」

「……沒事。」

我又來了，在這麼短的期間內二度造訪，這下又觸碰到茜阿姨的逆鱗了。

但這是硯川說什麼都要我去她家一趟，我也沒轍啊？

我第一次看到她如此認真求我，想無視都難。

雖說像我這種修練到極致的回家社成員，放學後總是有大把自由時間。況且平時也無事可做，要去她家其實不成問題。

不過今天真的是累壞了，不但肚子餓，頭也開始痛起來了。

過去我們總是玩在一起，也常來到她家，在我家搬到現在住的公寓之前，也是住在這附近，兩邊家庭也沒少過交流。

如今那些懷念的回憶，已成了無法挽回的時光。

硯川說稍微給她一點時間準備，要我稍等三十分鐘，這時已經過了晚上七點。

「不好意思喔，明明是我找你來的。」

「這個送妳們。」

我把在遊樂場打發時間時，夾到的醜醜熊（命名：九重雪兔）交給硯川。也包含了給燈織跟茜阿姨的份，果然還是得先賄賂一下。

「謝、謝謝！……你從前就很擅長夾這些呢。」

「我都叫店員幫我調到好夾的位置。」

「這、這樣啊？燈織收到肯定會開心。」

硯川帶著我穿過家中玄關。

她的神情有些緊張，是身體不舒服嗎？

「如果不舒服要不要改天再說？」

「抱歉，我沒事，你不用擔心。」

我們經過客廳，直接進入她房間。硯川房間和我記憶中的變化不小，我坐在她準備的坐墊上。

「我多久沒進這房間了？」

「大概有三年了吧？」

「好懷念啊，還留有當時的樣貌。」

「是嗎？應該變了不少才對，不過如果雪兔是這麼想，那應該就沒錯吧，呵呵。」

不知是回家感到放鬆，又或是問題解決了，終於見到她久違的自然笑容。

接著硯川深呼一口氣端正坐姿。

「三年啊，好像也不算太久，妳爸媽不在家？」

……尤其是茜阿姨，她不在吧？

「在啊，不過我拜託他們交給我處理。」

「竟然在喔！」

那不就完了！不過既然硯川都說交給她處理就算了吧……是說，要幹麼？

雖然我想提問，但這其中應該也包含了硯川把我找回家的理由。

我只要等她開口就好，感覺心情稍微輕鬆一點。

「……真的，就好像回到當時一樣。」

難得我的心中想法與她的發言一致。

對我來說這是極為罕見的事。或許是因為我也感到有些懷念，才會產生如此直率的感想。

「謝謝你今天願意過來。」

「畢竟妳都求成那樣了，所以，有什麼事？」

「我有事想跟妳說。不過，你先看著我——」

硯川在心中做好覺悟，並脫起身上的衣服。

沒多久，她已脫去制服，接著毫不猶豫地解開內衣，直到身上不著一絲一縷。甜美的香氣充滿整個房間，刺激著我的腦髓。
我對她的行動感到錯亂，只能呆呆地看著她。
不過，即使是我也能看出，硯川的身體正瑟瑟發抖。
「硯川妳清醒點。」
連我都沒想到自己會說出如此愚蠢的臺詞。奇怪的明明就是我，壞掉的也是我。剛才那句話徹底錯了，雖然我不清楚是非對錯，但內心某處是如此認知的。
眼前的女孩子一絲不掛，她所追求的，不可能是如此不帶煽情的愚蠢臺詞。但是，我又該說些什麼──
「不對，錯的是當時的我！我現在才是正常的！」
「妳到底在說什麼？」
「我一直很後悔，我從那天起，每日以淚洗面，哭累了才能入眠。妹妹對我失去信任，雙親也痛罵我，而且──我還傷害了你。」
「我聽不太懂，妳做了什麼壞事嗎？那也跟我無關啊，我和妳在那之後，就完全沒有交集了。」
「不對，全都是我的錯。我明明知道雪兔的心意，卻無法誠實表達自己的心情，我只把話藏在心中，還單方面地要求你，這就是讓我後悔莫及的錯誤。」
她說的話根本支離破碎。每個單字的意思我都明白，卻無法理解她到底想表達什麼，我和硯川已經接近兩年沒有任何交集了。

別看我這樣，可是個能流利說出英文的雙語系男子。不論英文國語的考試成績都超過九十五分。如果我都不能理解，那就表示超越了一介學生能夠應付的範疇。

可是，硯川的雙目卻明亮有神，這就是我和硯川之間決定性的差異，硯川以她有如黑曜石般顏色深沉的眼瞳，目不轉睛地看著我。

「雪兔，我沒有跟學長做愛。」

「雪兔，我沒有跟學長做愛。」

我將身心全部袒露。我沒有任何需要保留的事物，我要告別無法坦率的自己。

沒想到繞了這麼遠，才終於回到這。

現在我要縮短兩人的距離，我無須感到害羞，將自己的一切傳達給他。

「不要移開眼神，我就在這，在你眼前，拜託你看著我。」

「為什麼要做這種事？」

「因為我不想再被誤解了。」

「誤解？」

「我一直喜歡著雪兔。」

為什麼我連這麼簡單的話都說不出口呢。

就為了喜歡兩個字，賭氣了這麼久。

當時，我總是心煩意亂，但卻把那麼做當成是在示好。

然而，雪兔的反應依然是如此平淡，說不定他根本不喜歡我。我根本沒看他笑過。

和我在一起這麼無聊嗎？我不禁感到不安。

卑鄙的我，只想著如何不坦白自己的心意，就能知道對方心中的想法。

那時正好學長向我告白。我心想能拿來利用，就告訴他學長告白的事，但他卻一如往常回了「這樣啊」，就好像不把這當一回事。

我差點吼叫出來。我跟學長交往也沒關係嗎？你就沒任何想法嗎？我被人搶走了，雪兔也無所謂嗎？打擊和悲傷讓我的心裡揪成一團，最後我決定倚靠最後的希望。只要跟他說我和學長交往了，他說不定就會感到嫉妒。

如果他產生嫉妒，那說不定表示我還有機會，但這是一個愚蠢的選擇。

只要我在那時，像現在這樣坦誠相對，肯定就不會發生那種事。我只要誠實面對自己，對雪兔說出心中的想法就好了。

我所做的事根本差勁透頂。我不止沒有對他坦白，還利用了學長。我對學長沒有任何感情，就連他是個怎樣的人都不清楚，只是想藉機打探雪兔的想法。

這個錯誤抉擇馬上化作後悔，當我告知了自己和學長交往後，雪兔便坦承說自己原本想要告白，我聽了有如被冰結一般。

為什麼，你不早點說出口？

那是我朝思暮想的一句話，是我的願望，我願意拋下一切回應他的心意。

可是，只要我跟學長之間的關係尚未清算，我就無法這麼做。

我感受到當時的雪兔，眼神變得更加深沉暗濁。

我和學長交往了兩個禮拜，這期間沒做任何情侶會做的事。

當然，因為我對學長完全沒有興趣，無法對他產生戀愛情感。

他對我而言，根本就無所謂。如今知道雪兔心中想法，學長只成了我的絆腳石。

但若是當時我對學長有任何一點興趣，起碼稍微調查他的事，我就絕不可能和他交往，一切都是我自作自受。

學長對我那時的態度感到惱火，於是想強吻我。

好噁心，太扯了！為什麼我要跟這種人交往！我明明只喜歡雪兔！厭惡令汗毛直立，我深怕自己被玷汙，當我回神時，我已用力推開學長，並離開現場了。

回到家，我立即傳了簡訊和學長分手。

在那之後，就開始傳出我跟學長做愛的謠言。

學長為了報復，到處散布我們發生肉體關係的謊話。

謠言瞬間傳開，畢竟對正值思春期的國中生來說，沒有比這更棒的娛樂。即使我再怎麼否定，都只有身邊的人願意相信。

我也不可能每當碰見不認識的人，就跟對方澄清自己沒有做愛，況且對大多數人，謠言是真是假根本沒差。

隨後，謠言變得更過分，甚至傳出我跟不認識的學長交往。

男生的猥褻視線，像是舔遍身體般落在我身上。

所謂的交往，其實就是一種契約，在雙方的同意下方得成立，而分手也是如此。學長接受我的告白，我們卻不承認彼此是情侶，也沒做半點情侶間會做的事，還單方面提出分手。就因為我把人耍得團團轉，才會遭受報應。

學長為了保全自尊，也沒馬上說出我們分手的事。

俗話說謠言傳不過七十五天，過了七十五天後，謠言就化作了事實。我在心中咒罵學長，為什麼要撒如此過分的謊言。

但是，我也和他相去不遠，我只是為了利用對方，才接受不喜歡對象的告白，根本是個差勁透頂的渣女。

差勁的學長和我，只能說這結果正適合我們倆。

謠言也傳入妹妹耳中，而她將這件事告知爸媽。正因為妹妹非常黏雪兔，才會如此生氣，我第一次見到妹妹那樣的眼神，她用有如看到穢物的輕蔑視線盯著我。

爸媽把我叫去質問，我否定了謠言，說我和學長沒發生肉體關係。

妹妹和爸媽，問我為什麼這麼做，我對他們解釋自己的想法、行動以及事情經過，他們聽完震怒了。

——並問我：

「雪兔，知道這件事嗎？」

我絕對不想讓最喜歡的那個人知道這件事，希望他不要相信那種謊言。

但這不過是我的妄想罷了，這則謠言早已傳開，肯定也傳入雪兔耳中，他不可能沒聽說。

外加，即使只有名義上，我仍利用了學長，並和他交往，既然交往了，發生這種行為也不足為奇。兩人交往的事實，使得謠言更具真實性。

我得趕緊解開他的誤會！然而焦慮的心情，和我深怕雪兔也可能像妹妹一樣，用那種眼神看著我的恐懼，令我裹足不前。

我絕對無法忍受被他用那種眼神看待。

要是被他以看著穢物的視線直視，我——

隨後我持續追逐他的身影，不過，看到他投身於社團活動，像是這一切他都沒放在心上的事實，使我更加痛苦。

難道我的事，對你而言已經不再重要了？——拜託你救救我啊！

那時我的感情早已支離破碎，無法將心中悲痛吶喊出來。

而細心呵護雪兔的悠璃學姊也大發雷霆，下令我不准再接近他。

這時我才終於察覺，自己背叛太多人了。

最終謠言成了周知的事實，我和學長的關係自然消滅，雪兔又變得離我更遠，成了如同被隔離起來的存在。

「都是我不對……都怪我想利用大家。我任性、卑鄙，是個無可救藥的人渣。很好笑吧，這都是我的錯……」

不過，現在的我能夠明白，即使沒有學長的事，那時傲慢的自己，終有一天會傷害到雪兔。因為無法坦率的我，一直都是這麼過來的。

他默默地聽著我的懊悔。要是當時，能夠立即向他開誠布公，就不會事至如此了。雪兔總是無時無刻細細聽著我的話，是我沒有辦法好好面對他。

最後眷戀促使我就讀他所在的高中，我有一股不明確的預感。

這肯定是我最後的機會了，要是錯過，我們的關係將畫下句點。

我下定決心要改變自己，要徹底擺脫如幽魂纏身的過往。

雖然不知道要怎麼做，不過，雪兔就在我眼前。

夏日祭典那天，明明是我把他的手甩開，他仍用一如往昔的表情和態度，對我伸出援手。

硯川燈凪，已經夠了，後悔就到此結束。

所以——

「——讓我證明，我要把自己的全部都給你。」

硯川抱著我，向後倒在床上。

我面對硯川，整個人覆蓋在她身上。

我被囚禁在硯川眼瞳之中，連一根手指都無法動彈。

「硯川……？」

「——我一直等待著這天到來。雖然我本來期待會是更加浪漫的情境，對不起喔？我害怕，自己再也沒有時間了。」

啊啊，妳變得會露出如此美麗的笑容。

不是兒時的無邪笑臉，也非當時不高興的表情。

「……妳不用著急，冷靜點……即使不用證明，我也……」

「因為是無時無刻都願意幫助我的你，我才想這麼做。不是其他任何人，而是雪兔。你我現在觸碰的，全都是真的。我再也不想說謊了，所以我想讓你感受——我的一切。」

這對硯川而言，是非常重要的事。

並不光是為了證明方才所言非虛。

「——不對，你摸摸看，現在這個瞬間，讓我如此開心。」

她將我的手放在她的胸前，硯川的身體燥熱不已，心跳不斷加速。

「對啊，我終於想起來了……為什麼我會忘記——小時候，我們總是這麼聯繫在一起的……」

淚水從硯川的眼眶滿溢而出。

我也想起來了，在很小很小的時候，我們倆心心相印，無須多餘的話語。那條斷線似是藕斷絲連，仍將我們繫在一起。

我為硯川的話感到震驚，但聽完自己也終於明白。

我本以為兩人的關係並不是自己所想的那樣，但我應有無數次機會，去察覺她的態度為何改變。硯川說她不想讓我知道，既然她不接近，那只要我主動靠近，或許事情便會就此解決。

但當時的我，眼中已經沒有硯川了。

正因為聽了她的心聲，我才感到後悔。

為什麼、為什麼——

「為……什麼，是現在……？」

「因為我太膽小了，是我不願意坦率……」

「為什麼到現在才告訴我？」

「因為我擔心，一切會為時已晚。」

為什麼？為什麼偏偏是現在！

「如果是那時的我，肯定能接受你的心意。可是，現在的我……」

回憶中的景象，總是染上一片緋紅。

我在那天接受了，自己的心意不會有所回報。

我知道自己不論追求什麼，都無法如願以償，所以放棄——失去了一切。

即使她如此渴求我，我仍無法接受她的心意。

如此美麗的她，不適合遭遇不幸。

一陣劇痛襲向我的大腦，令我頭痛欲裂。

不行，還不能壞，不准讓我壞掉。要是像以往那樣壞去，我會再也回想不起這份心情，這點頭痛快點消失吧。

來吧，徹底毀掉一切。當魔王承諾要分我一半的世界時，會毫不猶豫接受的那個人正是我——九重雪兔……但現在若是這麼做，我一定會無法回想起來。我，就是我，我要……

想壞掉，快點毀掉吧。我感受到心中空洞再次擴張。

我早就壞掉了。但是，如果我以為是會錯意的事物，其實並不是我弄錯的話，我居然做了如此殘酷的事……不可能。

那些只是幻想。是騙人的，不要思考了。放棄吧。徹底壞掉就好。

這或許是心中的防禦本能，讓我無法理解他人對我的感情，也讓我不試圖去理解。最後誤會不斷重複。可是，這一切，真的是如我想的那樣。

硯川的思緒、心、感情，如巨浪般流入腦海。

好溫暖，令我不願意放棄其中的一絲一毫。

「雪兔，你沒事吧!?你臉色發白了！」

即使赤身裸體，硯川依然只擔心我。

為什麼，她為什麼要做這種事？

對她而言，對他人裸露身體是這麼輕易的事嗎？

為什麼事到如今才要告訴我？

她想讓我受苦？既然如此，為何還要一臉心痛地關心我？

想要壞掉的我，和認為我不能壞掉的某種東西，在心中開始拉鋸。

某種東西告訴我，絕不能將心中的糾葛放手。

我不想壞掉，不想再誤會。再這麼下去，真的會讓一切都變得太遲。

不，或許早已太遲了。即使如此，我也不願傷害他人，也不想再被傷害了。相反的衝動在不斷纏鬥。犯桃花這般愚蠢的詛咒，竟害我變得如此痛苦。

我無法理解，還是不試圖去理解？我不明白，還是我不想知道？一切都變得空虛，讓我想要消失。如果真的消失就能解脫了，如此有魅力的慾求險些支配了我，這提案是如此甘美且迷人。

沒錯，只要消失的話——

霎時間，我感受到唇瓣被塞住了，這是第二次感受到這股觸感。

滋味和之前稍微有些不同，一陣心蕩神迷的甜美刺激使我的思考融化。

「不要怕！我絕對不會再傷害你了！」

硯川哭喊道。為什麼她會落淚？為什麼感到悲傷？

身體覺得痛嗎？還是硯川的淚腺早就壞掉——

啊——我懂了，應該是裸體害肚子著涼了？

我揮去腦中想支配思考的煙靄。

不是這樣……不對，不應該是這樣。

為什麼我要會錯意？不要故意誤會她。她現在，正為了我……

是什麼時候開始的？從何時起，我的思考就被如此誘導？被誰？為什麼？我是九重雪兔、九重雪兔是我……

「硯、硯川……不，燈凪……？」

「你終於叫我的名字了。嘿嘿，我的初吻跟第二次的吻，都好好給了你呢。」

真的能消失嗎？只要這副笑容、哭泣的她，從我心中消失，我就能再次變回平時的九重雪兔，這麼做——

我的頭痛加劇，想消失、想揮去一切。

我被她擁抱，直接接觸她的肌膚。

原因究竟是什麼，真要說的話一切都是原因。

想毀掉我的惡意，想讓我壞掉的情境。不斷失去，這樣就夠了，即使壞掉也好，我就不必在意任何事。

可是，一定也有些不能失去的事物。我必須去察覺到，即使不知道那是什麼，或是為時已晚，那一定都是不能失去的某種東西——

「……燈凪，妳原本就是這種個性？」

「我是你的青梅竹馬，但我要告別無法坦率的自己。我不想就這麼輸掉，也不想傷痕累累地結束。」

青梅竹馬是敗犬女主角，好像有這一類說法。

「因為，我是如此喜歡著你——」

我不想把她笑容和話語當作謊言。

◆

「——！——！」

好像聽到誰在說話。但我絲毫不在意，因為我已被眼前的景色迷倒。一望無際的絕景，天空和大地，似是把一切都納入其中，再一步，或許再踏出這麼一步，我就能成為它們的一部分，身體不自覺地被這股慾望往前牽行。

反正我本來就打算消失，哪都沒有我的容身之處，事到如今沒容身處也沒任何問題，毫無價值的我也不需要那種東西。那麼，乾脆把身體交給這股衝動不就好了。反正不會有人為此傷腦筋，也不會有人哀傷。這麼一個想法，對我有著無止境的吸引力。

所以，我——

驟雨讓我的腦袋冷卻下來，我茫然地看著黑色柏油路上積起的水窪。從硯川家回去時，太陽早已落下，只剩街燈照亮黑暗。

我隻身一人，徬徨地走在夜路。

硯川的體溫相當暖和。話雖如此，我們也不是激烈地纏綿在一起。

我當時只是和硯川待在一起。現在的我無法接受她的心意，也無法用同樣的心情回覆她，所以我什麼也沒做。

不過，我們握著手談天說地，就像是為了想彌補至今所遺失的時光。

我們是兒時玩伴，最終為追求變化導致錯身而過。

燈凪犯了錯誤，而我失去某些東西。我們之間的關係，在那告一段落。

不過剛才那個瞬間，又讓我們再次聯繫起來。

這就是我和燈凪現在的距離。

我不斷自問自答，這樣就好嗎？我何時變成這樣了？

在硯川家感受到的疑惑，如今仍在我心中盤旋。

一出局、一壘有人時便會毫不猶豫進行打跑戰術，這就是我，九重雪兔。沒錯，就是這個。我什麼時候變成這樣的？我對自己的思考感到疑問。

扭曲、偏頗，好像心裡某處不自然地變形歪曲一樣。

為什麼我都沒發現？為什麼沒對此產生疑問？真是不可思議。

思考奇妙地歪斜。我的精神力變得如超級纖維般強韌，究竟是從何時開始的？又是為何造成的？如今我已無法回想起來。

——我……不，九重雪兔到底是誰？

「呼……」

我在姊姊房門前大嘆一口氣。

只要沒得到這疑問的解答，我就無法邁進，只能重複停滯跟壞掉。

即使如此我也沒差，因為我真的不在乎。

不過，我擔心真的變成那樣，會害別人為我傷心難過。事到如今我怎麼受傷都行，但我不希望別人受傷。

而且自己這樣的態度，恐怕已經讓他人受到傷害了。

我敲了敲門，現在大概剛過晚上十點，姊姊應該還醒著。

我自嘲地想：「已經沒差了吧？」反正已經被徹底討厭了，如今再多做什麼也沒差，我現在已成全校第一的人渣，根本無需在意。我必須要找到真正的自己，不要迷失目標了，九重雪兔。

為此，我得用與以往不同的方式和他人相處。

說不定做些與以往相反，我盡量避免去做的事，就是正確答案也說不定。

我要前進，那怕弄得遍體鱗傷，我也早就習慣了。

可是，我實在不願意看到他人哭泣。

「怎麼晚了，有什麼事嗎？」

姊姊穿著睡衣應門，她看起來似乎不睏，說不定還在預習課程。誰叫姊姊和我不同，是頂級的優等生。

真是的，親姊弟竟然會有如此差異，這就是所謂的社會分化嗎？

不過，姊姊傲人的上圍，應該是遺傳自母親。呼嘻嘻。

「姊姊，我有些事想談，可以嗎？」

「你找我？真難得，進來吧。」

我進入姊姊房間，上次進來都不知道是什麼時候了。

我看應該有十年了。從那天起，我就盡可能避開姊姊，並維持著互不干涉、當沒看到對方的關係。

不過，姊姊又是怎麼想呢？如今回想起來，她為什麼要做那種事？她不是討厭我嗎？我擔心有所誤會，便強制中斷想理清答案的思緒。此時，姊姊動作忽然停住。

「────咦？等等，你剛才說什麼？」

「姊姊？啊，我有事想談。」

「雪兔……？雪兔！雪兔──！」

姊姊將我一把抱住。今天到底是怎樣啦！不管哪個人怎麼都見我就抱，是免費抱日之類的嗎？若不是我的理性有如不沉艦──大和號一般，那可會鬧出大事啊？不對，大和號最後也沉了。腦中胡思亂想仍不斷加速，即使如此我還是得前進，絕不能在這停下腳步！

終章

「真是要命。」

昨天可真是要命。最後感動至極的姊姊竟然抱住我睡著了。雖然最近給她們添不少麻煩，但媽媽跟姊姊會不會保護過頭了？

不過最大的問題還是在我身上，都幾歲了還跟姊姊一起睡這種事，就是撕了我的嘴都說不出口。

不對啊，這不是很奇怪嗎？過去我只認為這種事是理所當然的，即使說出口也滿不在乎，為何現在卻說不出口？

總覺得過去的我根本不會思考這種事……

算了，一早上學就煩惱這種事實在太蠢了。

今天還有堆積如山的事情要處理。為了要找回自我，必須展開行動。而要找到不同的自我，就必須得做至今沒做過的事。

「雪兔你怎麼了，幹麼一臉不高興的。」

爽朗型男今天也是颯爽無比，早安。雖然昨天起就不停下雨，多虧爽朗型男的臉，今天才會放晴。真是個毫無季節感的傢伙。一天二十四小時放晴都不會累嗎？不會想轉陰天嗎？不過我並不是氣象預報員，沒空想這點小事。

「巳芳光喜，我決定加入籃球社了。」

「什麼⁉真的嗎！你怎麼會做這決定？」

「總之先如熱血學長所說，先加入到大賽結束。之後要不要繼續就再說。」

「知道了，那我也要入社！」

「好嗯！你不要老跟著我好不好，你是喜歡我喔？」

「那還用說。」

「還真的喔。」

被緊張感包圍的教室，突然傳出了女生的歡呼。總覺得最好不要太過深入避免打草驚蛇，於是我決定當沒看到。

「神代……不，汐里。」

「阿、阿雪……？」

我向不斷對我投以不安視線的神代搭話。

她因為我而受到傷害，而我因為神代才骨折，最後也沒參加大賽，這都是事實。不過早就壞掉的我，並沒有為這件事而受傷，除了身體外。

那麼，神代本人又是如何？她說不定內心受到譴責，如果是我害她受傷，那就不能坐視不管。

「君子一言駟馬難追對吧？」

「咦？但君子不是指男生嗎……」

「現在講求性別平等，別在意那點小事。我再問一遍，駟馬難追對吧？」

「雖然聽不太懂，但是沒錯。我決定不會再對阿雪說謊了！」

「好，那妳來當我的經理。」

「咦？嗯、嗯！」

班上各處又發出了歡呼聲。

這個班真的沒問題嗎？

・

「欸欸，悠璃，妳看了嗎？看了嗎？」

「早就知道了啦，真是的，他怎麼又突然做出這種事。」

「總覺得悠璃看起來有點開心呢。」

「是嗎？如果妳這麼覺得，那應該就是吧。」

「悠璃弟好厲害喔——下次再帶他來班上玩吧。」

一早，弟弟又掀起了一陣波瀾。他對班上同學說：「當我的女人吧。」這事情瞬間就被傳開，弄得我SNS時間軸被這件事占據了。

他什麼時候變成霸道總裁了？回去得好好審問他。

群組還是一如往常將他的動向逐一報告，不知那孩子發生什麼事了，這次的騷動，和過去有著決定性的差異。不是那孩子被捲入事件，而是他自己主動想做些什麼。我回想起昨天，說不定眼睛到現在還有點腫，聽到他喊我姊姊，我不禁哭了出來。甚至因為不想離開弟弟，最後還和他睡在一起。

希望不光是昨天，今天、明天，甚至未來也和他一起睡。既然他都和媽媽一起睡過了，那我也沒問題吧？我在心中問道。

我一直想再次被他稱為姊姊，希望他承認我不是外人，而是自己的血親。

我好像稍微觸碰到他的內心了，過去事情總是不斷惡化，這麼個良性的改變，說不定還是第一次。

若是如此，我就更不能放過這次機會。

我不會再讓他被惡意傷害。我這次，非得親手保護他。

「因為所以我就逃出班上來這避難了。」

「現在反而是你變得比我還有名了。」

午休時間，我在逃生梯嚼著花生奶油麵包跟巧克力麵包。

失敗，有夠甜。即使我是甜食派，但這兩種麵包的職責完全重複。如今我的身體比起糖分，更渴求鬥爭。對不起騙人的我並不想打架。

「是說赫斯提亞學姊，妳怎麼老是在這？」

「不要用那種像是穿著猥褻衣服的名字叫我！」

「妳在胡說什麼啊？」

「沒事，如果不知道就忘記吧，我什麼都沒說。」
「如果妳是說乳繩的話我這有喔。」
「你分明就知道嘛！為什麼你會帶這種東西!?」
「我猜說不定會派上用場就帶了。」
「難不成，你想讓我穿上這個……!?」
「學姊妳哪來的乳量。」
「喂，低年級。」
「不要甩巴掌！拜託不要！」
赫斯提亞學姊還是老樣子，在逃生梯獨自吃著午餐，怎麼想都是個邊緣人，她雖然漂亮到有人向她告白，卻沒半個朋友，總覺得有點可憐。
「別氣了，赫斯提亞學姊。我來當妳的朋友就是了。」
「為什麼你要一副高高在上的樣子!?還有，你是不是以為我沒朋友所以可憐我？」
「不是嗎？」
「才怪咧！別看我這樣，朋友可是很多呢！」
「花生奶油甜成這樣我實在無法接受，該死的老美！」
「拜託你聽一下吧？就不能稍微聽我說話嗎？」
「乖乖，別氣喔——」

「我又不是動物！你哄什麼！」

「妳不是動物是女神嘛。」

「我已經懶得跟你吵這個了，女神就女神吧……」

總覺得赫斯提亞學姊好像累了，我看她可憐，便把乳繩送給她。

「我跟你可不同，才不是邊緣人呢，你有在聽嗎？」

「其實我最近也開始在想，自己該不會根本不是邊緣人吧。」

「是這樣嗎？雖然你確實各方面都有點那個……」

「不過，個性陰沉倒是沒變就是了！科科科科科科科。」

「拜託你不要一本正經笑這麼詭異，好恐怖。總之，這樣也挺好的啊。」

「好不好我就不清楚了，不過赫斯提亞學姊這麼說，那應該就是好事吧。」

「沒錯，學姊的話可要好好聽進去，畢竟我可是女神呢？」

「我的天，這人開始自詡女神了。」

「不要過河拆橋好不好！這分明是你說的耶⁉」

在這細雨紛飛之時，還跑到外頭吃午餐的怪異學生，大概也只有我和赫斯提亞學姊了。反正雨不會飄進逃生梯，在這吃飯也不成問題，而且這樣的空間，莫名讓我感到舒適。

對我而言，學校和家裡，也能成為如此舒適的空間嗎？

我堅信，自己一定——

後記

感謝您購入本書。

我從網路小說開始連載，最後能夠集結成冊，都是多虧了各位，我在此衷心感謝大家的支持。

本作原本是著重在「主角的故事」上。

到了書籍版，我便嘗試將女主角的故事描寫清楚，成了「主角和女主角間的故事」，不知大家還喜歡嗎？

作品裡出現了各式各樣的女主角，如果有主推的女主角，請務必要告訴我！

網路版和書籍版，在每一篇章的長度都不盡相同，這是我大幅度重新改稿後的結果，希望網路版的讀者能享受到不同的體驗。

最後我想在此致謝。

儘管出場人物眾多，仍能描繪出角色各自魅力的緜老師，編輯部的各位，以及出版時給予我偌大幫助的各位相關人士，以及最重要的各位讀者，真的是非常感謝。

本作的「戀愛」還尚未開始。現在才正式站上起跑線，還請各位期待未來的劇情展開！

希望未來能夠再次與各位見面。

浮文字

造成我心理陰影的女生們今天也不時偷看我，只可惜為時已晚1

（原名：俺にトラウマを与えた女子達がチラチラ見てくるけど、残念ですが手遅れです。）

著　　者／御堂ユラギ　　繪　　者／縣　　譯　　者／蔡柏頤
執 行 長／陳君平　　美術總監／沙雲佩　　國際版權／黃令歡、梁名儀
榮譽發行人／黃鎮隆　　美術編輯／陳又荻　　文字校對／施亞蒨
協　　理／洪琇菁　　執行編輯／石書豪　　內文排版／謝青秀
總 編 輯／呂尚燁　　企劃宣傳／陳品萱

出　　版／城邦文化事業股份有限公司　尖端出版
台北市中山區民生東路二段一四一號十樓
電話：（〇二）二五〇〇—七六〇〇
傳真：（〇二）二五〇〇—二六八三
E-mail: 7novels@mail2.spp.com.tw

發　　行／英屬蓋曼群島商家庭傳媒股份有限公司城邦分公司　尖端出版
台北市中山區民生東路二段一四一號十樓
電話：（〇二）二五〇〇—七六〇〇（代表號）
傳真：（〇二）二五〇〇—一九七九

中彰投以北經銷／楨彥有限公司（含宜花東）
電話：（〇二）八九一九—三三六九
傳真：（〇二）八九一四—五五二四

雲嘉以南／智豐圖書有限公司
（嘉義公司）電話：（〇五）二三三—三八五二
傳真：（〇五）二三三—三八六三
（高雄公司）電話：（〇七）三七三—〇〇七九
傳真：（〇七）三七三—〇〇八七

香港經銷／一代匯集
香港九龍旺角塘尾道六十四號龍駒企業大廈十樓 B&D 室
電話：（八五二）二七八三—八一〇二
傳真：（八五二）二五八二—一五二九

新馬經銷／城邦（馬新）出版集團 Cite (M) Sdn. Bhd.
E-mail: cite@cite.com.my

法律顧問／王子文律師　元禾法律事務所
台北市羅斯福路三段三十七號十五樓

二〇二三年二月一版一刷
二〇二三年七月一版三刷

■中文版■

郵購注意事項：
1.填妥劃撥單資料：帳號：50003021戶名：英屬蓋曼群島商家庭傳媒(股)公司城邦分公司。2.通信欄內註明訂購書名與冊數。3.劃撥金額低於500元，請加附掛號郵資50元。如劃撥日起 10～14日，仍未收到書時，請洽劃撥組。劃撥專線TEL：(03)312-4212 ・ FAX：(03)322-4621。E-mail：marketing@spp.com.tw

國家圖書館出版品預行編目資料

造成我心理陰影的女生們今天也不時偷看我，只可惜為時已晚 / 御堂ユラギ作；蔡柏頤譯. -- 1版. -- [臺北市]：城邦文化事業股份有限公司尖端出版：英屬蓋曼群島商家庭傳媒股份有限公司城邦分公司發行，2023.02-
冊；　公分
譯自：**俺にトラウマを与えた女子達がチラチラ見てくるけど、残念ですが手遅れです。**
ISBN 978-626-338-805-5（第1冊：平裝）

861.57　　111017197